Geschichten, die das Leben schrieb

– heiter bis besinnlich –

Gudrun Born

Geschichten,
die das Leben schrieb

– heiter bis besinnlich –

Bibliografische Information

Die Deutsche Nationalbibliothek verzeichnet diese Publikation in der Deutschen Nationalbibliografie; detaillierte bibliografische Daten sind im Internet unter http://dnb-ddb.de abrufbar.

© 2021 Gudrun Born, Frankfurt/Main

Neuauflage

Herstellung und Verlag: BoD Books on Demand

Norderstedt

ISBN Nr.: 9-783-754-352-496

Inhalt

Familienleben
ist nie langweilig

„Eigentlich doof",
stellt ein kleiner Junge fest.
Immer muss man lernen,
und wenn man alles weiß,
dann stirbt man!"

Recht hat er!

Anschauungsunterricht

Ilse Wiedemann, Mutter einer großen Familie, steht mit beiden Beinen im Leben und sie ist – was alle rundum zu schätzen wissen – eine unerschütterliche Optimistin.

Die schwierigsten Situationen weiß sie durch praktisches Handeln oder trockenen Humor zu entschärfen. Ob es um den gebrochenen Flügel eines Vogels geht oder um eine zugeschlagene Wohnungstür - Frau Wiedemann weiß immer Rat.

Diesmal wird eine Unterkunft für ein Brüderpaar von acht und zehn Jahren gesucht, weil deren Mutter plötzlich ins Krankenhaus musste. Und – wie könnte es anders sein – die beiden, Berni und Heinz, sitzen bei Wiedemanns am Mittagstisch.

Die Teller werden gefüllt, es gibt Gemüseeintopf mit Würstchen. Ungeniert greifen die Gäste mit den Fingern in ihren Teller und verschmausen mit Genuss die Würstchen.

Die drei Wiedemann-Kinder sitzen stumm und staunend. Hatte es nicht gerade neulich eine hitzige Familiendebatte gegeben, weil ihnen die Mutter das Essen der Würstchen mit den Fingern verbot? Am Würstchenstand oder Lagerfeuer sei das in Ordnung, sagte sie, aber solange Besteck auf dem Tisch liege, sei es auch zu benutzen.

Die Blicke der Wiedemann-Kinder wanderten von Berni und Heinz zur Mutter und zurück, wieso erhob sie keinen Einspruch? Sie ließ widerspruchslos geschehen, was sie ihnen ausdrücklich untersagt hatte. Lediglich Papierservietten bot sie den Jungs an, doch die Spuren auf dem Tischtuch waren bereits beträchtlich. Und irgendwie schien sie sogar noch vergnügt zu lächeln?

Abends konnten Berni und Heinz zu Hause schlafen, weil da ihr Vater zu Hause war und sie versorgte.

Doch bei Wiedemanns entbrannte beim Abendessen erneut eine Tischmanieren-Debatte.

„Also Mutti, warum hast du nichts gesagt?"

„Was sollte ich denn sagen?", war die Gegenfrage?

„Na hör mal, was die für eine Ferkelei gemacht haben!"

„Stimmt, aber war das nicht das, was ihr neulich so toll fandet?", kam gelassen zurück.

„Na ja …!" Die Antwort der Kinder klang gedehnt.

Und plötzlich waren sich alle einig, dass das Essen von Würstchen aus der Suppe mit den Fingern doch sehr unappetitlich sei.

Und Mutters Argument, dass Berni und Heinz das offenbar nicht anders kannten und sie die beiden Jungs nicht blamieren wollte, leuchtete ihnen auch ein.

Als die Kinder abends in ihren Betten lagen, sagte Frau Wiedemann vergnügt zu ihrem Mann:

„Man sollte viel öfter Besuch einladen,

Anschauungsunterricht erspart stundenlange Debatten!"

Blitzableiter

Helga Vollert, Mutter zweier heranwachsende Töchter, steht am Wohnzimmerfenster und schaut hinaus auf einen großen Baum. „Es ist so schönes Wetter heute", denkt sie, „aber ich fühle mich nicht gut, irgendwie bin ich unzufrieden, warum nur? Werner hat eine gute Stelle und berichtet mir von seinen Erlebnissen und auch von seinen Plänen. Gaby und Iris sind zwar ein bisschen aufmüpfig, die üblichen Reibereien halt: Ordnung, Mode, Taschengeld, Schularbeiten ... aber sonst? Ach, was soll's!"

Entschlossen dreht sie sich um, um an ihre Arbeit zu gehen. Doch als sie am Telefon vorbeikommt, greift sie fast automatisch danach und wählt die Nummer ihrer engsten Freundin.

„Ilse Bauer", meldet sich diese schon beim dritten Klingeln.

„Tag Ilse, hier ist Helga, wie geht's dir?"

„Na ja", kommt es gedehnt zurück. - „Ist was nicht in Ordnung?"

„Ach nicht direkt, halt ein bisschen bedeckter Himmel!"

„Bei dir auch?", rutscht es Helga heraus, sie ist richtig froh über diese Gemeinsamkeit,

„Du auch...?", fragt Ilse interessiert.

„Ich fühle mich irgendwie bedrückt, vielleicht liegt es am Wetter? Meinst du, wir könnten uns mal treffen?"

„Prima, sehr gern, das ist eine gute Idee!" Sie vereinbaren einen Termin in einigen Tagen an einem frühen Nachmittag.

Fröhliches Wiedersehen, gemeinsam marschieren sie los zu einem naheliegenden kleinen Wald.

Ihren Kindern haben sie erklärt, dass sie sich ihr Essen diesmal selbst wärmen müssten, was eine von Helgas Töchtern mit „immer habt ihr was zu Quatschen" kommentierte.

Die beiden haben sich lange nicht gesehen, Gesprächsstoff gibt es genug, aber an erster Stelle steht die ‚komische Gefühlslage'. Und während sie ihre jeweiligen Wahrnehmungen austauschen, entdecken sie, zu ihrer eigenen Verwunderung, erstaunliche Übereinstimmungen.

Helga sagt: „In letzter Zeit sagen meine Kinder öfter „du hörst mir ja gar nicht zu" und wenn ich ehrlich bin…"

„Richtig", unterbricht Ilse ihre Freundin, „das wirft mir Lars auch hin und wieder vor und meint, ich interessiere mich nicht für seine Arbeit?"

„Sag mal", erwidert Helga, bleibt stehen und schaut ihre Freundin verblüfft an. „Wer interessiert sich eigentlich für uns und für das, was wir tun?"

„Ja, das stimmt, unsere Fragen oder Probleme interessieren niemand!" - „Doch, mich!", erwidert Helga lächelnd.

„Ja, schön ist das", sagt Ilse und umarmt ihre Freundin dankbar.

„Aber wie oft nehmen wir uns Zeit für ein Treffen?"

Und während sie weitergehen, auch mal stehenbleiben, fügt sich Mosaikstein zu Mosaikstein.

„Weißt du was", fasst Helga das Gesagte zusammen, „ich komme mir oft vor wie ein Blitzableiter. Alle laden ihren Frust und ihre Sorgen oder ihre Wut bei mir ab."

„Recht hast du", bestätigt Ilse, „man ist manchmal wie unter Strom. Für alles soll man Verständnis haben, alles schlucken, alles ausgleichen und dabei immer heiter und gut gelaunt sein. Ist unsere ‚komische Gefühlslage' vielleicht eine ganz normale Reaktionen auf einseitige Überforderungen oder Überdruss?"

„Aber", sagt Helga, „Blitzableiter können nur funktionieren, wenn sie geerdet sind. Sie müssen den Stromschlag, der auf sie einwirkt, irgendwohin ableiten können, sonst funktionieren sie nicht – und wo ist unsere Erdung?"

Der gemeinsame Austausch führt bei beiden zu neuem Selbstbewusstsein und sie werden sich darüber klar, dass sie der Rolle der ausgleichenden Zuhörerin auf Dauer nur gerecht werden können, wenn auch ihnen ab und zu die erforderliche „Erdung" zugestanden wird. Überdruck und Hochspannung müssen auch sie irgendwie ableiten oder mit jemandem teilen können.

Seitdem erwidern die Beiden auf den Vorwurf „du hörst mir ja gar nicht zu" mit „im Moment bin ich mit anderem Gedanken beschäftigt, aber zu einem anderen Zeitpunkt gern...!"

Den Austausch, den Heranwachsende in ihrer Clique und Männer in ihren Diskussionsrunden finden, fordern nun auch die beiden Freundinnen öfter ein. Und wenn der Nachwuchs oder der Ehemann ihre Treffen als „Gequatsche" bezeichnen, versuchen sie, darüber hinwegzuhören. Umlernen braucht eben Zeit .

„Weißt du", sagt Helga beim nächsten Treffen, „unser Austausch von neulich hat mir etwas Wichtiges klargemacht. Lange habe ich mir selbst nicht eingestanden, dass irgendwas schiefläuft. Ohne die Erfahrung, dass es dir ähnlich ging wie mir, hätte ich mir immer weiter ein schlechtes Gewissen machen lassen und versucht, mich so zu verhalten, wie andere mich haben wollen!"

„Kenne ich: ‚Mutter ist an allem schuld', kommentiert Helga grinsend und ergänzt: „Jetzt ist Schluss damit!"

Dann hakt sie ihre Freundin energisch unter und sagt:

„Jetzt gehen wir beide einfach mal in ein Café - als Erdung!"

Das erste Gemüse

Ein Sonntagmorgen im April. Die Bäume zeigen zartgrüne Blättchen, die Wiesen sehen aus wie Samt, Stiefmütterchen leuchten in allen Farben, es riecht nach frischer Erde.

Den Winter haben alle richtig satt. Die Parkwege sind stellenweise noch etwas matschig, aber die Sonne meint es gut. Ein paar ältere Damen gehen vorsichtig den Weg entlang, eine von ihnen breitet ihr Taschentuch auf einer Bank aus und setzt sich in die Sonne. Die anderen gehen weiter.

Ein junges Paar schiebt einen Kinderwagen, eine breite Pfütze umfährt der junge Vater geschickt und lacht dabei seine Frau an, das Kind schaut mit großen Augen um sich.

Ein Spielplatz. Eltern sitzen auf den Bänken, Kinder hopsen im Sand umher, hängen und schaukeln in den Klettergestellen, flitzen die Rutsche runter. Ihre Sonntagskleidung zeigt Spuren ihrer Begeisterung.

Ein kleines Mädchen kommt heran, steht dicht am Ufer des kleinen Weihers.

„Bist du allein?", frage ich. „Nee, der Papa ist da drüben!"

Das sandige Fingerchen weist zum Spielplatz.

„Aber ich darf hier sein!" Interessiert schaut sie ins Wasser und plötzlich ruft sie aufgeregt: „Guck mal" und deutet hinunter zum Wasser. „Was ist denn da?", frage ich.

„Einer hat einfach Rüben reingeschmissen, ganz viele!"

Aufmerksam schaue ich in Richtung der kleinen Hand, dann muss ich lachen. Viele Goldfische! - wirklich, sie sehen ganz ähnlich aus wie Karotten.

Denkzettel

„Zu schnell, zu langsam, hast Du keine Augen im Kopf!"

Ute sitzt wütend hinter dem Steuer, ihr Mann aufmerksam daneben. „Klaus ist heute ungenießbar", denkt Ute insgeheim, „nichts kann ich ihm recht machen." Sie wirft einen raschen Blick in den Rückspiegel, dann stoppt sie scharf an der Bordsteinkante.

„Was soll denn das?" ,fragt Klaus gereizt.

„Ich laufe", erwidert Ute grinsend, greift ihre Badetasche vom Rücksitz und steigt aus.

„Bist du verrückt, es sind noch 8 km bis nach Hause!"

„Nein 12, dort ist das Schild!" Sie knallt die Wagentür zu.

„Emanze", knurrt Klaus und rückt auf den Fahrersitz.

Dann schnallt er sich an und rauscht mit hohem Tempo davon.

Ute schlendert in die entgegengesetzte Richtung. Sie spürt die sommerliche Wärme durch ihr leichtes Kleid, ihr blondes Haar glänzt in der Sonne. „Das wollen wir doch mal sehen", denkt sie, „schließlich fahre ich seit drei Jahren unfall- und kratzerfrei. Diesmal kriegt er einen Denkzettel!"

In einer Seitenstraße entdeckt sie hinter einer grünen Hecke einen kleinen Eissalon. Gerade das Richtige bei dieser Wärme. Wenig später setzt sich an den Tisch, an dem sie mit Appetit ihr Eis löffelt, eine elegante Dame mittleren Alters. Sie ist sichtlich nervös. „Ich bin ganz aus der Fassung", sagt sie als sich zufällig ihre Blicke begegnen. Ute schaut sie aufmerksam und offen an.

„Kann ich Ihnen irgendwie behilflich sein?"

„Ach wissen Sie, ich habe gerade meinen Mann im Krankenhaus besucht. Aber ich fahre so ungern Auto, normalerweise fahre ich nie mehr selbst. Und jetzt graut mir vor der Heimfahrt."

„Oh", sagt Ute und ein Lächeln huscht über ihr Gesicht. „Ich habe gerade meinen Angetrauten abgehängt!" Und dann erzählt sie freimütig ihre ganze Geschichte.

„Das nenne ich Mut", sagt die Dame, „wo wohnen Sie denn?"

„In Neustadt." - „Ach, da wohne ich auch. Trauen Sie sich zu, meinen Wagen zu fahren?"

„Klar, ich habe schon viele Modelle gesteuert!"

In diesem Augenblick schlendert ein sportlicher junger Mann im weißen T-Shirt die Straße entlang.

„Das ist mein Klaus", sagt Ute und duckt sich, ich verschwinde. Wir treffen uns vorne an der Ecke, ja? Bitte, zahlen Sie für mich mit, ich gebe Ihnen das Geld später." Sie schlüpft schnell Richtung Seiteneingang des Lokals.

Einige Zeit später hält neben ihr ein rassiger Sportwagen. Mit einem Seufzer der Erleichterung steigt die Fahrerin aus, Ute setzt sich hinter das Steuer.

„Was für ein toller Schlitten!" Begeistert schaut sie über das Armaturenbrett. „Übrigens, ich heiße Ute Peters."

„Mein Name ist Bellmann, schön, dass ich jetzt eine Fahrerin habe."

„Was macht mein Eheliebster?", fragt Ute beim Anfahren.

„Er sieht aus wie ein funkensprühender Vulkan!"

„Sehr gut, hoffentlich versengt er sich nicht die Nase", beide lachen herzlich.

„Darf ich Sie zu mir nach Hause einladen?", fragt Frau Bellmann nach einer Weile. „Unsere beiden Söhne sind aus dem Haus und seit mein Mann in der Klinik liegt, bin ich ganz allein."

Es folgt ein gemütlicher Nachmittag und Abend. Sie sitzen bei herrlichem Wetter auf Bellmanns Terrasse, essen, trinken, erzählen, lachen.

„Darf ich mal Klaus anrufen?", fragt Ute so gegen 19 Uhr, „er soll sich nicht ängstigen, nur richtig wütend soll er sein!"

„Peters", kommt seine missmutige Stimme durch die Leitung.

„Hier spricht Deine Eheliebste", sagt Ute schnippisch, „ich komme heute Abend erst spät!" und dann legt sie einfach auf.

Klaus starrt auf den Hörer. „Was fällt denn der ein?" Stocksauer ist er. Er gießt die Blumen, isst er eine Kleinigkeit, spült das benutze Geschirr, nimmt ein Buch in die Hand, legt es wieder weg. Immer wieder geht er zum Fenster und schaut hinaus.

Als es schon ziemlich dunkel ist, hält draußen ein eleganter Sportwagen. Heraus steigt Ute! Wenig später steht sie vor ihm. Braungebrannt, lachend, mit blitzenden Augen.

„Ute", sagt er halb erleichtert, halb streng, „was soll denn das bedeuten?" Spitzbübisch schaut sie ihn an und tippt ihm mit dem Zeigefinger auf die Nasenspitze. „Ein Denkzettel, das machen Emanzen jetzt immer so, wenn jemand ungenießbar ist!"

„Du freches kleines Ungeheuer", erwidert Klaus lachend, nimmt seine Frau auf die Arme, schleppt sie samt Badetasche durch die Wohnung und setzt sie in den großen Sessel.

„Ich habe dich gesucht und jetzt will ich erst mal wissen, wo du dich rumgetrieben hast und was das für ein Auto ist...?"

Als Frau Bellmann (wie zuvor mit Ute vereinbart) nach einer halben Stunde klingelt und hereingebeten wird, sind die ehelichen Gewitterwolken strahlender Zweisamkeit gewichen.

Galavorstellung

Eigentlich war mir gar nicht zum Lachen zumute, denn ich hatte mich richtig geärgert - und das am Wochenende. Beim Zurücksetzen auf dem Parkplatz hatte jemand meinem Auto eine kräftige Beule verpasst, ich war auf dem Weg zum Schwimmbad.

Immer wieder ging mir der heftige Wortwechsel mit dem Fahrer durch den Kopf und natürlich vor allem das, was ich hätte entgegnen sollen. Aber wie so oft fiel mir das erst hinterher ein. Ich kochte vor Wut und war versucht, heimzufahren. Aber dann entschloss ich mich doch, den Schwimmbadbesuch nicht aufzugeben. Dort angekommen suchte ich mir einen Platz und stand bald an der Dusche, um mich abzukühlen.

Doch noch ehe ich das tun konnte, wurde meine Aufmerksamkeit auf eine Gruppe junger Leute gelenkt, die aus vollem Halse lachten.

In Handtücher und Kleidungsstücke gehüllt spielten junge Männer übermütig Nachlauf, erst quer über die Wiese, dann immer näher zum Beckenrand hin. Plötzlich flüchtete einer vor seinen Verfolgern die Leiter zu den Sprungbrettern hoch und hechtete mit einem Sonnenhut auf dem Kopf und in einer unmöglichen Verrenkung vom Dreierbrett.

Alle Umstehenden lachten schallend - auch ich. Das war der geeignete Ansporn für die Gruppe. Und dann folgte eine Galavorstellung wie aus dem Bilderbuch.

In flatternde Tücher gehüllt und mit Turban ähnlichem Kopfputz aus Handtüchern flankten sie über sämtliche Startblöcke und von allen Sprungbrettern ins kühle Nass.

Mal in der Gruß-Pose eines Offiziers, dann wieder wie ein Seehund, eine Flunder oder ein Abgestürzter.

Sie erfanden immer neue witzige Posen und das Gelächter der Zuschauer feuerte sie zu weiteren Einfällen an. Die Zuschauer lachten buchstäblich Tränen. Als die Vorstellung zu Ende war, tat mir der Bauch weh vor Lachen. Und wo war der Ärger von vorhin? Die allgemeine Heiterkeit hatte ihn einfach vertrieben.

Freude ist ansteckend und Lachen ist die beste Medizin gegen fast alles – zum Glück.

Goldene Hochzeit

Ein seltenes Fest. Strahlend stellt sich das Jubelpaar den Fotografen, Arm in Arm. Jeder spürt: diese Beiden verstehen und lieben sich noch immer. Fünfzig Ehejahre konnten ihrer Beziehung nichts anhaben, sie vertieften sie eher.

Als der offizielle in den gemütlichen Teil übergegangen war, fragt jemand in einer Gesprächspause:

„Wie habt Ihr beiden das nur geschafft, ihr hattet doch in der Kriegs- und Nachkriegszeit Sorgen genug. Was hat eure Ehe so jung und lebendig gehalten - trotz allem?"

Die Jubilare schauen sich nachdenklich an, dann sagt Großmutter: „Vielleicht, weil wir immer wieder Feste gefeiert haben?"

„Ihr und Feste?" Die beiden sind für ihre sparsame Lebensweise bekannt. Große Feste waren nie ihre Sache.

„Nein, ihr versteht uns nicht", widerspricht Großmutter.

„Bei uns war es nie langweilig. Wir fanden immer was, womit wir uns gegenseitig überraschen und erfreuen konnten."

„Welche Feste meint ihr denn, erzählt doch mal?"

„Ach, so viele!" Und dann erzählen die beiden abwechselnd, wobei sie sich oft zuzwinkern oder vergnügt anlächeln."

„Es gibt Daten, die kennen nur wir beide, aber wir haben sie bis heute nicht vergessen: Die erste Begegnung, den ersten Kuss, die heimliche Verlobung!"

„Wenn wir in ein Konzert oder ins Theater gegangen sind, dann hat Vater sich immer rasiert und wir haben uns füreinander schön angezogen." - „Mir tun heute oft die jungen Leute leid, die unrasiert und in Bluejeans ins Theater gehen. Was ist denn so ein gemeinsamer Abend dann Besonderes?"

„Wir mussten immer sparen, deshalb haben wie einfach zu Hause ein kleines Fest gefeiert! Bei Kerzenschein, mit einem Glas Wein oder einer guten Suppe, von Mutter gekocht."

„Und Vater hat mir eine frische Rose überreicht, die er vorher in der Waschküche versteckt hatte!"

„Mutter hat mir immer mal eine Praline ins Frühstücksbrot fürs Büro geschmuggelt."

„Und Vater hilft mir noch immer in den Mantel, wie ganz am Anfang unserer Beziehung."

„Wenn wir im Frühling spazieren gehen, pflückt er in jedem Jahr ein Veilchensträußchen für mich."

„Und Mutter zieht ihre Schürze aus, wenn ich abends heimkomme oder beim gemeinsamen Essen!"

Rundum nachdenkliches Schweigen. Plötzlich erinnern sich auch andere, dass sie von der Eigenart, kleine Feste in den Alltag zu zaubern, profitiert haben.

Zum Beispiel die frisch gestrichenen Räder der Spielzeugeisenbahn, die gewaschenen oder neu genähten Puppenkleider zu Weihnachten. Und heute?

Wenn die erwachsenen Kinder von einer Reise zurückkommen, finden sie einen kleinen Vorrat der nötigsten frischen Lebensmittel im Kühlschrank vor.

Ein von Mutter gebackener Lieblingskuchen, in einer schwierigen Lebenssituation. Stillschweigend geflickte Hosen der Enkelkinder oder ein Strauß Blumen aus dem elterlichen Garten.

All das kann in bestimmten Situationen eine Wohltat sein.

Dieses Jubelpaar hat sich die Phantasie des Herzens bewahrt und versteht es, ganz unauffällig kleine Feste in den Alltag zu zaubern - bis auf den heutigen Tag.

Ob es heute an solchen Festen vielleicht eher mangelt?

Hauptsache billig

Wir haben drei hoffnungsvolle Nachkommen und die Ausschau nach Sonderangeboten, sei es im Ernährungs- oder Bekleidungssektor, gehört, solange ich denken kann, zu meinem Alltag.

Das ist für mich keine lästige Pflichtübung, es macht sogar ein bisschen Spaß, manche Artikel günstig zu erstehen, aber unsere

Sprösslinge im Teenageralter waren damit selten einverstanden - zumindest was den Bekleidungssektor anbelangte.

Schließlich wird bei Sonderangeboten das verkauft, was der Moderichtung der *letzten* Saison entstammt ... !

Brachte ich ein Kleidungsstück mit, wurde es oft naserümpfend betrachtet mit der Bemerkung „Hauptsache billig!" Nahm ich eine meiner Töchter zur Anprobe von Sachen für sie mit, wurde das zu einer Geduldsprozedur, der ich mich irgendwann nichtmehr aussetzen wollte, deshalb suchte ich einen Ausweg.

Eines Tages setzte ich mich mit meiner modebewussten 15-Jährigen zusammen und wir errechneten mit Zettel und Bleistift, was sie im Laufe eines Jahres so an Kleidung braucht: Schuhe, Strümpfe, Pullis, Wäsche, Jeans, spezielle Winter-, Sommer- und Sportsachen. Wir feilschten ein bisschen, was Luxus und was nötig wäre und einigten uns schließlich in der Mitte. Den überschläglich ermittelten Betrag geteilt durch 12 Monate legten wir als monatlichen Bekleidungsetat fest, Vater überwies die Summe pünktlich zum Ersten des Monats auf Ulrikes Sparkonto. Damit war ihre Bekleidung nicht mehr meine Sache, ich atmete erleichtert auf und harrte der Entwicklungen ...!

Als das erste Geld eingegangen war, erstand sie ein paar ausgefallene Schuhe, die sie schon lange im Schaufenster bewundert hatte. Zähneknirschend registrierte ich den Preis und auch den Schnitt, beide entsprachen (aus meiner Sicht) keineswegs Ulrikes Bedarf. Aber ich gab mich gelassen und hoffte auf Einsichten. Der Schlussverkauf kam mir zu Hilfe.

Da standen plötzlich genau diese teuer erworbenen Schuhe in mehrfacher Ausführung zu einem Drittel des Preises auf dem Sondertisch. Ulrike war wütend. Gleichzeitig zeigte sie mir eine ebenfalls im Ausverkauf preiswert erstandene Hose. Bei der

----

Vorführung bemerkte ich, die sei ein bisschen zu eng. „Ach was“, meine Bedenken wurden wortreich zerstreut, doch nach der ersten Wäsche zeigte sich, dass die neue Hose nun eher der zwei Jahre jüngeren Schwester passte! Aber auf eine Kostenverrechnung mit dem Bekleidungsetat der Schwester ließ ich mich nicht ein, weil das nicht zu unseren Abmachungen gehörte. Den einschlägigen Protest ließ ich ruhig über mich ergehen.

Als dann einige Wochen später die ersatzweise erworbene Hose bei einem spontanen Sprung über ein Hindernis mit einem lauten Ratsch genau neben der hinteren Naht aufriss, war auch das Problem Fehleinschätzung gelöst. Ulrike wurde in ihrer Wahl vorsichtiger - oder realistischer, je nach Betrachtungsweise.

Um es kurz zu machen. Ein Bekleidungsetat ist sehr Erfolg versprechend, sofern die Mutter anfängliche „Rückschläge“ gelassen hinzunehmen lernt.

Später wurde ich sogar gefragt: „Du, Mutti, gehst du mal mit mir einkaufen, du kennst dich doch mit den Materialien gut aus?“ Das freute mich, Lernen fürs Leben ist immer gut!!

Hauptsache Kopfsprung vom Dreier

Eigentlich hieß er Alexander, aber alle nannten ihn Fips und genau besehen passte das auch besser zu ihm, lustig, fusselköpfig und quicklebendig wie er war.

Fips war acht und mochte alles, was Jungs in diesem Alter mögen: Auf Bäume klettern, Radfahren, Streiche aushecken … nur eines verachtete er aus tiefster Seele: die Schule und insbesondere die Hausaufgaben! Die waren nach seiner Ansicht reine Zeitverschwendung. Mütterliche Ermahnungen ließ er über sich ergehen, aber man sah ihm an, dass er gleichzeitig darüber nachdachte, wie er die allmittägliche Leidenszeit abkürzen könnte.

Eines Tages wurde Fips zu Tante Nora geschickt, seine Mutter hatte Wichtiges zu erledigen. Tante Nora war die engste Freundin seiner Mutter und Fips fand sie ‚Klasse‘, wie er rundheraus erklärte.

Nach dem gemeinsamen Mittagessen:

„Fips wie ist's mit den Hausaufgaben?"

„Wir haben nix auf, nur'n bisschen was zu lesen."- „Wirklich?"

„Ja, guck hier." Er kramte sein Aufgabenheft aus dem Rucksack, da stand es schwarz auf weiß: Lesen Seite 24 …!

Tante Nora hatte selbst Kinder und kannte alle Tricks. Doch Fips schaute sie offen an, das musste stimmen!

„Wir können ja nochmal die Siebenerreihe üben, die kann ich noch nicht so richtig", meinte Fips so nebenhin.

Nun gut. Sie lasen Seite 24 und ein bisschen mehr, übten die Siebenerreihe, indem sie dabei die Treppenstufen rauf und runterhopsten. Mit Tante Nora war selbst die Siebenerreihe lustig.

Und dann wurde es ein vergnüglicher Nachmittag im Garten. Erzählen, spielen, viele Butterbrote mit Kirschmarmelade …!

Um sechs wurde Fips abgeholt. „Immer so kurz", maulte er.

Um acht rief seine Mutter an, er hatte faustdick geschwindelt und schwitzte nun über den zurückgehaltenen Rechenaufgaben.

Nora war platt, aber dann besann sie sich auf ihre pädagogischen Grundsätze und trug ihrer Freundin auf, ihm auszurichten, für Lügen müsse man sich entschuldigen.

Anderntags klingelte das Telefon.

„Tante Nora, hier ist Alexander (er war ganz förmlich). Tante Nora, ich möchte... ich wollte... ich ... dann heulte er lauthals los!"

„Was ist denn?", fragte Nora diplomatisch, um ihm eine Brücke zu bauen.

„Weißte wie das ist?", heulte Fips, „das ist als wenn man mit einem Köpper vom Dreierbrett springen muss!"

„Guter Vergleich", dachte Nora und verbarg mühsam das Lachen. Ja, so ist das, dachte sie, aber sie fragte vorsichtig zurück.

„Wie kam denn das?"

„Die Mama merkt immer, wenn ich mal lüge, aber sie sagt mir nie, wie sie das macht!!" Stimmt, so sind Mütter!

Nun – Fips sprang nach einigen Anläufen vom „Dreier" und brachte unter Tränen eine förmliche Entschuldigung hervor. Dann nahm er die entsprechenden Ermahnungen entgegen und fragte zum Schluss: „Gell, ich darf wieder mal zu dir kommen?"

„Alles klar, Fips, aber das nächste Mal machen wir erst zusammen alle Hausaufgaben, okay?"

„Tante Nora, du bist Klasse!", das war die gewohnte Bubenstimme, ohne Tränen.

Dann knallte er noch „Tschüss" durch die Leitung und die Welt war wieder im Gleichgewicht!

Luftposteier

Wir wohnen in einer gemütlichen Gegend mit kleinen Häusern. Eines Tages wurde das Nachbarhaus, mit dessen Besitzern uns ein herzliches Einvernehmen verbunden hatte, verkauft.

Wir waren darüber betrübt, aber auch gespannt, wer nun zuziehen würde. Nach längeren Renovierungsarbeiten zog schließlich eine junge Familie mit zwei Kindern plus Dackel ein. Eberhard Plombach und Familie, wie das Briefkastenschild auswies. Wir freuten uns, denn wir mögen Kinder und unsere eigenen wohnen seit langem weit entfernt.

Doch die Plombachs verhielten sich recht wortkarg und distanziert. Ihre Kinder von etwa fünf und acht Jahren schauten nur scheu herüber, ihre Namen hörten wir: Simon und Tina.

Wenige Wochen nach Plombachs Einzug war Ostern. Bilderbuchwetter. Während ich in der Küche, mit Ausblick auf die nachbarliche Terrasse, beim Zubereiten des Festtagsfrühstücks war, erschien drüben die vollzählige Familie im Sonntagsstaat. Simon und Tina sammelten mit Körbchen freudig Eier ein, die aus Beeten und hinter Sträuchern hervorlugten. Die Eltern folgten mit den erstaunten Gesichtern aller Eltern bei solchen Gelegenheiten.

Plötzlich kam mir eine Idee. „Georg", rief ich nach meinem Mann, „komm doch mal schnell!" Dann weihte ich ihn in einen Plan ein. Er grinste, nickte und sagte: „Machen wir!"

Als drüben die eiersuchende Familie schwatzend um die Hausecke nach vorne verschwand, öffneten wir heimlich unser Küchenfenster und beförderten mit gezielten Würfen fast unseren ganzen Vorrat an Vollmilch- und Krokant Eiern nach drüben: In die Hecke, ins Blumenbeet, auf die Wiese, eins flog sogar durch die geöffnete Terrassentür ins Wohnzimmer - ein richtiges Eiergewitter. Einmal brachte ich gerade noch ein mit Kognak gefülltes Ei in Sicherheit, sonst hätte mein Mann es in seiner jungenhaften Begeisterung drüben platzen lassen. Schnell Fenster kippen, Gardine vorziehen. Nach einer Weile kamen Simon und Tina auf der anderen Seite des Hauses zum Vorschein.

„Ach guck mal ein ganz kleines!" Peter bückte sich nach einem grünen Ei, Tina trug ein rotes herbei. Die Plombachs schauten sich ratlos an, blickten um sich, waren offensichtlich irritiert. Plötzlich schaute Herr Plombach zu uns herüber, aber wir mucksten uns nicht hinter unserer Gardine.

Dann sammelten alle gemeinsam die wundersame Eiervermehrung ein, bis ins Wohnzimmer!

Wir setzten uns vergnügt an den Frühstückstisch. Kurz vor dem Mittagessen, schellte das Telefon.

„Guten Tag", sagte eine Stimme, „hier Plombach. Spreche ich vielleicht mit dem Osterhasen?" Er lachte, wir lachten – das Eis war gebrochen.

Am Abend saßen wir gemeinsam bei einem Glas Wein auf der Terrasse nebenan und die Plombachs bekannten, bei neuen Nachbarn seien sie immer vorsichtig, weil es wegen Kindergeschrei oder Hundegebell schon mal Schwierigkeiten gegeben habe.

Inzwischen sind 10 Jahre vergangen. Simon und Tina sind junge Erwachsene, aber noch immer finden sich in unseren Gärten, egal ob es regnet, schneit oder die Sonne scheint, Luftposteier am Ostermorgen. Nicht nur auf den Osterhasen ist Verlass, sondern auch auf unsere Nachbarn.

Mami, ich hab' Angst

In der Nacht steht unser kleiner Sohn vor meinem Bett, seinen Teddy fest im Arm.

„Mami, ich hab' Angst!" – „Komm", er schlüpft schnell unter meine warme Decke. Sein Körper fühlt sich eiskalt an, er zittert und drängt sich an mich, der Teddy findet auch noch einen Platz.

„Was war denn, erzähl mal?" Mit aufgerissenen Augen schaut er ins dunkle Zimmer. „Vor meinem Fenster war der Tiger, seine Augen haben geleuchtet!"

Ach so, am Vortag waren wir zusammen im Zoo.

Das Brüllen der Raubtiere vor dem Füttern, ihr ruheloses auf- und abwandern vor den Gitterstäben, die Gier auf das hereingeworfene Futter, all das sind gewaltige Erlebnisse, nicht nur für Vierjährige.

Er, sein Teddy und ich gehen nochmal in Gedanken gemeinsam durch den Zoo. Wir erinnern uns an die dicken Gitterstäbe und das starke Schloss, zum dem der Wärter den Schlüssel hat, die können bestimmt nicht raus. Und auch daran, dass die Raubtiere nach dem Fressen ganz friedlich schliefen. Dann fallen uns die Affen ein, die so lustig durch den Baum turnten, die bunten Fische im Aquarium, die kleinen Mäuse hinter der Scheibe, die Vögel und die Zwergziege, die wir ausgiebig streicheln durften.

Die Schatten vergehen, die Worte meines Jungen werden immer ruhiger und unverständlicher und dann sagt er:

„Mami, bei dir ist es ganz still!"

Kurz darauf zeigen gleichmäßige Atemzüge, dass der Schlaf sein Recht gefordert hat.

Als ich ihn in sein Bett zurücktrage, liegt er ganz entspannt in meinen Armen.

Und wir Erwachsenen, denke ich, wem erzählen wir von unseren Ängsten.- Wir haben keine? Wirklich?

...Angst, um einen geliebten Menschen, der in Gefahr ist;

...Angst um Verwandte, deren Krankheit wir miterleben;

...Angst einer übernommenen Aufgabe nicht gewachsen zu sein;

...Angst vor Alleinsein oder Krankheit, vor Krieg, vor der Zukunft?

...Angst, die eine unbewältigte Situation wieder zurückbringt und bis in den Tag hinüberreicht?

...Angst, die wir selbst nicht genau definieren können, die einfach in uns aufsteigt und immer mal wieder da ist?

„Du musst nicht mehr daran denken, du weißt doch, dass das alles Unsinn ist", sagen manche Mitmenschen.

Nein, Angst ist nie Unsinn für die, der sie haben.

Sie ist eine Realität, bedrängend, bedrohlich, unerklärbar.

Wenn dir jemand seine Angst gesteht, lass ihn sprechen, hör zu, geh mit ihm gemeinsam die Stationen seines Berichtes durch. Es ist nicht nötig, dass du alles verstehst oder eine Lösung aufzeigen kannst. Hab' einfach Geduld, lass ihn weinen. Tränen können hilfreich sein. Überlass ihm deine Hand, wenn er danach sucht, nimm ihn in den Arm, wenn er dir nah genug steht.

Wer Angst hat braucht die verlässliche Nähe eines Mitmenschen, der ihm oder ihr das sichere Gefühl gibt, nicht alleine zu sein!

Man sieht nur mit dem Herzen gut

Anke Klein ist zwölf Jahre, heute kommt sie sichtlich ‚gedämpft'
von der Schule nach Hause. Lustlos stochert sie in ihrem Essen
herum. „Anke, was ist mit Dir?", fragt ihre Mutter.

„Was soll denn sein?"

„Du siehst so traurig aus, irgendwas ist doch?"

„Ach Mutti, was du immer hast. Bei dir sind immer gleich alle
krank, wenn sie mal sauer sind!"

Na gut, denkt Frau Klein, doch das Unbehagen bleibt, irgendwas
stimmt nicht mit ihr - bis zum Abend. Eine halbe Stunde, nachdem Anke Gute Nacht gewünscht hat, schlüpft Frau Klein leise in
ihr Zimmer.

„Schläfst Du schon?" - „Nein", kommt kläglich zurück. Sie setzt
sich auf die Bettkante und streicht ihrem Unglücksraben über die
Wange - sie ist nass von Tränen. Eine Weile schweigen sie beide.

Plötzlich richtet sich Anke auf, legt ihren Kopf in Frau Kleins
Schoß und schluchzt. „Ach Mutti!"

„Warte mal, es ist kalt hier", sagt Frau Klein, ich hole erst mal
eine Decke. Sie baut ein gemütliches Nest für sie beide, eng an-
einander gekuschelt liegen sie ganz still.

„Kann ich Dir irgendwie helfen, Anke?"

Ein Aufschluchzen, dann: „Ich habe heute …" und es folgt ein län-
geres Schuldbekenntnis. Durch ihre Unachtsamkeit ist ein größe-
rer Sachschaden entstanden.

„Nun gut", sagt ihre Mutter als die Erklärung zu Ende ist. „Erfreu-
lich ist das nicht gerade, aber ich bin froh, dass du es mir gesagt
hast!"

„Du schimpfst gar nicht?", fragt Anke und die Tränen versiegen.

„Na ja, begeistert bin ich nicht gerade. Aber schließlich kann jedem mal so was Dummes passieren. Morgen sprechen wir mit Papa und überlegen zu dritt, wie wir die Sache wieder in Ordnung bringen können, ja?"

Anke rückt noch näher, die Wärme der Decke hüllt sie beide ein.

„Mutti", sagt Anke in die Dunkelheit, ich will dich mal was fragen."- „Ja, was denn?"

„Wie merkst Du immer alles? Wenn ich lüge oder traurig bin, wenn ich eine Klassenarbeit verhauen oder mit jemand Krach habe – alles merkst Du? Wie machst Du das?"

Mutti lächelt und sagt „So sind Mütter eben, die großen und die kleinen. Am besten ist, ich erzähle Dir eine Geschichte.

Also, hör gut zu:

„Der sehnlichste Wunsch eines kleinen Mädchens war es, ein lebendiges Tier zu haben. Eines zum Liebhaben und Versorgen.

Lange sparte das Kind sein Taschengeld, dann kaufte es einen Goldhamster, der seitdem zur Familie gehört und alle mögen ihn, spielen mal mit ihm, passen auf, dass ihm nichts passiert. Und wenn das Mädchen mal nicht da ist, geben sie ihm sein Futter.

Aber gehören tut er dem Mädchen, sie ist wie eine Mutter für ihn. Sie benutzt fast ihr ganzes Taschengeld für sein Futter.

Eines Tages bringt das Mädchen den kleinen Kerl in die Küche und sagt: „Mutti, ich glaube er ist krank."

Die Mutter betrachtet das Körperchen von allen Seiten und sagt:

„Der hat doch nichts?" - „Doch sagt das Mädchen, man sieht es nicht, aber er ist bestimmt krank. Er rennt nicht mehr in seinem Rädchen, sitzt nur in der Ecke, er ist ganz anders als sonst!"

„Du redest von meinem Tapsi", unterbricht Anke die Geschichte, „aber er war doch wirklich krank!"

„Pst", sagt Mutti, „es geht noch weiter. Richtig, ehe die anderen etwas merkten oder sehen konnten, spürtest du, dass er krank war. Und Du hast ihn zum Tierarzt gebracht und wieder gesund gepflegt. Aber wie hast Du gemerkt, dass etwas nicht stimmte und alle anderen nicht?"

„Weil ich ihn liebhabe, das ist doch ganz einfach!"

„Eben, so ist das…, ganz einfach - wenn man jemand liebhat!"

Frau Klein spürt, wie sich im Dunkeln Ankes Augen auf sie richten. Dann reckt sie sich und gibt ihr einen Kuss auf die Backe.

„Ja", sagt sie nachdenklich, „man spürt es einfach!"

„Wenn man jemand sehr liebhat", ergänzt ihre Mutter.

„Man sieht nur mit dem Herzen gut, das steht in einem wunderschönen Märchenbuch für Erwachsene."

„Aber weißt Du was: Ich glaube, es ist besser, du schläfst jetzt, es ist schon ziemlich spät und morgen musst du früh raus."

Sie deckt Anke zu, wie früher, als sie noch klein war und sagt: „Gute Nacht, kleiner Unglücksrabe, bis morgen, dann sprechen wir mit Papa und alles wird wieder gut, ja?"

Und als sie leise zur Tür geht, sagt Anke in die Dunkelheit:

„Danke Mutti, hab' Dich lieb!"

Mit oder ohne?

Man kann unterschiedlicher Meinung sein, ab welchem Alter Kinder zu lügen beginnen, aber irgendwann wird es zum Thema. Hanna, gerade fünf, weiß genau, dass sie ihren Kakao (wegen der Kleckerei auf dem Tischtuch) nicht mit einem Strohhalm trinken soll. Als Mutter kurz die Küche verlässt, hört sie die Tischschublade klappern, in der die Strohhalme aufbewahrt werden.

„Hanna", fragt sie bei ihrer Rückkehr, „warst du an der Schublade?" - „Och", kommt es zögernd zurück, „ich hab' ein bisschen frische Luft reingelassen!"

Na ja ...! Natürlich gibt es das Fabulieralter, in dem die Geschichten immer länger und spannender werden, je aufmerksamer andere zuhören. Doch eines Tages wird es dann doch nötig, „Wahrheit und Dichtung" etwas deutlicher zu definieren.

Bei uns war dieser Zeitpunkt gekommen, als unsere Trabanten Zusammenhänge, deren Wahrheitsgehalt für uns Eltern von wesentlichem Interesse war, geschickt zu umschreiben und offensichtlich auch hin und wieder zu verdrehen begannen.

Als Papa die Älteste bei einer Schwindelei ertappte, schaute er ihr in die Augen und fragte betont: „Mit oder ohne?"

Sie stutzte, wurde rot, senkte den Blick. Dann kam zaghaft zurück: „Ein bisschen mit!" Damit war ein „gesellschaftsfähiges" neues Familienritual geboren.

Beim abendlichen Familienessen wurde das Thema Lügen diskutiert und vereinbart: Eltern und Kinder dürften künftig flunkern, aufschneiden oder lügen, wie sie wollen. Nur auf die Frage „mit oder ohne" müssen alle die Wahrheit sagen.

Seitdem bleibt es den Zuhörern überlassen, ob ihnen ein geschildertes Erlebnis oder eine Erzählung glaubhaft erscheint oder nicht. Dabei entpuppt sich besonders unser Papa als überaus begabter Münchhausen. Er flunkert und schwindelt, was das Zeug hält und die lächelnde Übereinkunft aller Zuhörenden bedeutet: „Papa röstet mal wieder!" Aber seine Geschichten lösen allseitige Heiterkeit aus und machen richtig Spaß.

Doch die Methode „mit oder ohne" hilft denen, die bei einer echten Lüge ertappt werden, noch rechtzeitig die Wahrheit einzugestehen, so sagte es die Familienregel!

Im Mülleimer werden die Scherben einer Blumenvase gefunden.

„Der Jens war's", sagt Lena unsicher auf Mutters direkte Frage.

„Mit oder ohne?", fragt diese betont ruhig und schaut ihr in die Augen.

„Na ja", erwidert Lena gedehnt, „ich hab' ihn geschubst!!"

Morgenmusik

Familie Weber wohnt mitten in der Innenstadt, direkt an einer belebten Fußgängerzone. Doch nachts ist es meist so ruhig, dass man getrost bei geöffnetem Fenster schlafen kann.

Kürzlich erwachte Klaus Weber von lautem Gesang. Irritiert schaute er auf die Uhr, es war halb fünf morgens. Als das Singen nicht aufhörte, stieg er unwillig aus dem Bett und schaute aus dem Fenster. Der Sänger, der da lauthals eine klassische Arie schmetterte, war ein junger, dunkelhaariger Ausländer, der unter dem Fenster mit schwungvollen Bewegungen den Bürgersteig fegte.

„He", rief Herr Weber energisch hinunter, „machen sie nicht so einen Krach!"

Der so Angeredete verstummte, schaute hinauf, lachte und winkte freundlich. Herr Weber wiederholte seine Beschwerde. Darauf entgegnete der junge Caruso: „Du nix bös gucke, einfach mitsinge." Dabei deutete er eine einladende Verbeugung an und lachte übers ganze Gesicht.

Diese Entgegnung war so verblüffend einfach und komisch, dass auch Herr Weber lachen musste. Er drohte spaßhaft mit dem Finger. Und während der junge Mann wieder seine Arbeit aufnahm und seinen Gesang unbeirrt fortsetzte, dachte Herr Weber:

„Eigentlich hat er recht" und dann kroch er zurück in sein warmes Bett. Als der Wecker schellte, hatte er sehr gut geschlafen.

Aber die Arie des jungen Sängers hatte er noch immer im Ohr und summte sie gut gelaunt vor sich hin, während er sich rasierte.

Müllabfuhr, mitten in der Nacht

Frau Kleist arbeitet im Büro einer Einrichtung für „Betreutes Wohnen." Eines Morgens, unmittelbar nach Büroöffnung, kommt eine erregte Bewohnerin des Hauses hereingestürzt und legt los:

„Also, das muss ich ihnen jetzt mal sagen, mir langt's! Das verbitte ich mir energisch, so geht das nicht!!"

Frau Kleist gibt etwas irritiert und erschrocken zurück:

„Was langt Ihnen?"

„Na, dass Sie mitten in der Nacht die Müllabfuhr in meine Wohnung lassen! Sie haben die reingelassen, nur Sie haben Schlüssel zu meiner Wohnung. Die sind einfach reingekommen und haben mich geweckt. Mitten in der Nacht", schnauft sie voller Empörung, „also wissen Sie!!!"

Frau Kleist fragt ratlos zurück: „Frau Petry, wie kommen sie denn darauf, dass das die Müllabfuhr war?"

„Ei, weil ich die kenn', ich weiß genau, wie die aussehn, die haben so rote Jacken an, die leuchten!"

Plötzlich dämmert Frau Kleist, was geschehen sein könnte.

Die schwerhörige Frau Petry trägt den Hausnotruf wie eine Armbanduhr am Handgelenk - auch nachts. Vermutlich hat sie den versehentlich bei einer Bewegung im Schlaf ausgelöst. Weil aber ihr Hörgerät auf dem Nachtisch lag, konnte sie den obligatorischen Rückruf der Notrufzentrale „hallo Frau Petry, geht es ihnen gut" nicht hören, sie schlief felsenfest.

Also machte sich ein Notarzt samt Assistent pflichtgemäß zu ihr auf den Weg. Die beiden öffneten mit dem eigens für solche

Notfälle in der Notrufzentrale hinterlegten Schlüssel die Wohnung - wo Frau Petry schlafend im Bett lag.

Sie weckten sie vorsichtig und diese erschrak natürlich, zwei fremde Männer an ihrem Bett stehen zu sehen.

„Ach Frau Petry", sagt die Sekretärin schmunzelnd, „das war nicht die Müllabfuhr, bestimmt war das der Notarzt, weil sie aus Versehen den Notruf gedrückt haben?"

„Erzählen sie keinen Unsinn" kommt empört zurück, „ich habe überhaupt nix gedrückt. Und ich weiß doch, wie ein Doktor aussieht, der ist weiß angezogen. Das waren aber die Männer von der Müllabfuhr, die kenn ich ganz genau, die sehe ich jede Woche, nur die haben so rote Jacken an, die leuchten!!"

Ach ja, denkt Frau Kleist, auch Notärzte tragen Warnjacken mit phosphoreszierenden Steifen.

Aber besser eine Verwechslung als ein Notruf ohne Hilfe!

Pädagogik hausgemacht

Ich, Mutter von drei Sprösslingen im zarten Alter zwischen 11 und 17 war am Ende meiner Weisheit. Im Großen und Ganzen lief alles ganz harmonisch bei uns, aber das ewige Betteln um kleine Hilfeleistungen im Haushalt oder Garten hing mir, schlicht gesagt, zum Hals heraus. Ich studierte Erziehungsratgeber, ließ mich beraten, versuchte immer von Neuem geduldig zu sein. Ich erprobte, beherzigte, übte Selbstkritik – die Unstimmigkeiten zwischen Theorie und Praxis blieben.

„Kinder zwischen 12 und 18 Jahren wünsche ich nicht meinem ärgsten Feind", sagte eine erfahrene Bekannte, die es wissen muss. Das klang zwar praxisnah, half aber auch nicht weiter.

Eines Tages siegte mein Selbsterhaltungstrieb über meine Geduld. Ich beschloss eine Gegenmaßnahme und bezog meinen Mann mit seinem trockenen Humor mit in den Plan ein.

Die Liste, auf der die kleinen Pflichten aller Familienmitglieder notiert sind, hängt gut sichtbar in der Küche. In dieser Woche sollte die 16-jährige Bettina die Spülmaschine – von den Kindern Minna genannt – 1 x täglich ausräumen. Natürlich war sie auch an diesem Abend wieder nicht ausgeräumt, wie so oft.

Als sich Bettina hungrig am abendlichen Familientisch niederlässt, liegt auf ihrem Platz eine rohe Kartoffel mit Küchenmesser.

„Was is'n das?" Vater reicht geschickt die dampfende Suppenschüssel vor ihrer Nase vorbei.

„Ich glaube, du machst dir heute mal dein Essen selbst", sage ich.

Ein misstrauischer Blick trifft mich.

„Was is'n jetzt schon wieder los?" – „Rate mal", sagt mein Mann, er steht mir zur Seite.

Bettina, ganz trotzige Herausforderung: „Was denn?"

„Die Minna ist wieder mal voll!", sagt Vater kauend, laut Wochenplan ist das deine Aufgabe!"

„Die Mutti hat mir nix gesagt?" – „Nein", sage ich, „hast du mir gesagt, dass ich heute Abend kochen soll?"

Bettina ist ein Temperamentsbolzen. Geräuschvoll rauscht sie in die Küche nebenan, vorbei am Teewagen mit ihrer Lieblings-Nachspeise: Schokoladen-Brötchenpudding mit Vanillesoße.

„Da mach, ich mir halt selbst was!", - „und du spülst jeden Gegenstand, den du benutzt hast, selbst wieder ab!" ergänze ich.

„Und wenn sie die Minna jetzt ausräumt, kriegt sie dann Essen?" Der jüngere Bruder hat Mitgefühl mit seiner Schwester.

„Na klar, hier haben immer alle pünktlich ihr Essen bekommen!" Mein Mann grinst über den Tisch, in der Küche rumorts. Schranktüren knallen, der Kühlschrank wird durchstöbert. Das Fachvokabular dieser Altersstufe ist unterdrückt zu hören.

„Was kann ich denn überhaupt essen, ist ja nix da?" - „Doch ich denke schon." – „Meinst du, ich habe Lust groß zu kochen?" – „Nein, das meine ich nicht!"

Eine Weile ist es still, dann klirrt Besteck und Geschirr aus der Minna in die Schränke. Unser Boykott hat gewirkt.

Wenig später rauscht Bettina herein, haut sich wieder auf ihren Stuhl. „Darf ich", fragt sie schnippisch und deutet auf die Suppe.

„Bitte sehr", Vater bedient sie galant.

Diesmal ist sie wütend, nicht ich.

Plötzlich begegnen sich unsere Blicke, wir grinsen, dann brechen wir beide in Lachen aus und alle anderen stimmen mit ein.

„Soll das jetzt immer so gehn?", fragt die jüngere Schwester, auch sie ist im Erfinden von Ausreden für Versäumnisse begabt.

„Immer", sagt Vater vergnügt und offeriert den Brötchenpudding!"

41

Schnellimbiss

Fahrt in den Urlaub. Während Vater fährt, hält Mutter die drei Kinder mit Ratespielen, geschälten Karotten und Ermahnungen in Schach. Aber schließlich ist eine Pause fällig.

Etwas zerknittert und steifbeinig klettert die Familie an einer Raststätte ins Freie, doch das Lokal ist restlos überfüllt.

„Nehmen wir einen Schnellimbiss?", schlägt Mutter vor.

Auch der Würstchenstand ist belagert, doch ein Suppen Automat ist frei: Goulasch-,Tomaten-, Bohnensuppe. Vater teilt Münzen aus. „Ich will zuerst", sagt die achtjährige Nora. „Nein, ich", ruft der zwei Jahre jüngere Bruder.

„Gut Thorsten, du wirfst das Geld ein und Nora drückt den Knopf." Mutter sorgt für Gerechtigkeit. Der dreizehnjährige Oliver lehnt gelangweilt an einer Mauer. „Los, nun macht schon!"

Thorsten wirft das Geld ein, Nora drückt Tomatensuppe. Es rattert, surrt, ein Strahl rote Suppe rauscht in den Abfluss, dann wackelt ein leerer Pappbecher hinterher. Thorsten überschlägt sich vor Lachen, alle stimmen mit ein. Doch Vater hat Hunger, da ist er nicht zu Späßen aufgelegt.

Er wirft eine neue Münze ein, drückt eigenhändig Goulasch, es rattert, die Suppe gluckert in den Abfluss, der Becher kommt gemütlich nach, die Kinder sind begeistert. Es ist wirklich komisch.

„Und nochmal!", schreit Nora. Doch Vater ist schon unterwegs und schleppt eine Aufsicht heran. Der Mann öffnet die Tür des Automaten, behebt die Becherblockade, repariert eine Weile.

Klappe zu, Knopf drücken, es funktioniert. Alle bekommen die gewünschte Suppe im Becher per Hand, kostenlos!

„Schade, sagt Jens, vorher war's viel lustiger!"

Selbstportrait

„Ihr Passbild in 5 Minuten", steht auf dem Schild. Daneben lächeln Männer und Frauen aus dem Schaukasten.

Richtig, denke ich, mein Ausweis läuft ab, ich brauche neue Passbilder. Ich betrete die enge Kabine und studiere die Hinweise: Drehen Sie den Sitz ..., bringen sie Ihre Augen in Höhe ..., werfen Sie die Münzen ..., halten Sie den Kopf..., betätigen Sie ...!

Ich drehe, bringe, werfe, halte und noch ehe ich es erwarte ein greller Blitz, gefolgt von einem zweiten - Ende.

Ich klaube meine Sachen zusammen, verlasse den engen Raum, mache dem nächsten Platz.

Nach wenigen Minuten holpert draußen ein Filmstreifen über die warmluftbeheizte Automatikrolle in eine Art Schublade.

Ein Wesen blickt mich an, erstaunter Gesichtsausdruck, spiegelnde Brillengläser, fahlgraue Blässe. Doch unverkennbar trägt es meine Kleidung.

Ich habe, was mein Äußeres anbelangt, keine allzu hohe Meinung von mir, aber das?

Im Buchladen gegenüber erstehe ich noch ein paar Kleinigkeiten, beim Warten an der Kasse fällt mein Blick auf eine Spruchkarte:

„Wer seinem Passbild ähnlich zu sehen beginnt, sollte dringend Urlaub machen!

Vielseitig und pflegeleicht

Für den Alltag reichte der wirtschaftliche Kleinwagen aus, aber Urlaubsreisen wurden zum Problem. Unsere Kinder wuchsen uns langsam über den Kopf, das Gepäck nahm ständig zu. Nun standen Skiferien mit der damit verbundenen Ausrüstung auf dem Plan. „Wohlstandsgerümpel" pflegte der 18-Jährige die notwendigen Utensilien zu nennen.

Fünf Personen, sechs Stunden Fahrt, eingekeilt zwischen Gepäck waren keine verheißungsvolle Aussicht.

„Wie wäre es", ließ sich Papa vernehmen, „einer von uns führe mit der Bahn? Dann hätten wir im Auto mehr Platz.

Kinder und Vater schauten sich an. Allen war klar: Vater als Expeditionsleiter schied aus. Jens, Inhaber eines neuen Führerscheins, will natürlich (mit Papa auf dem Beifahrersitz) auch mal fahren. Und die zwölfjährige Petra will auf die Gesellschaft ihrer Schwester Susanne nicht verzichten!

Alle schauen mich an. „Ja Mutti, das wäre doch was für dich!"

„Ganz ohne Staus, gemütlich in eine Ecke gekuschelt! Da könntest du Schmökern bis zum Geht-nicht-mehr!"

Sie kennen meine Schwäche … und nüchtern betrachtet, war dagegen kaum etwas einzuwenden − im Gegenteil. Mein Koffer würde im Gepäcknetz niemanden stören, ich selbst gemütlich zurückgelehnt die Landschaft betrachtend…!

Gleich am ersten Urlaubstag startete die Familie morgens um fünf. Mein Zugticket für den nächsten Tag lag auf dem Schreibtisch parat. Ich erledigte alles, was mir aus dem Fenster des abfahrenden Wagens noch aufgetragen wurde und tilgte die Abreisespuren in der Wohnung.

Abends nahm ich erleichtert die Ankunft-Meldung meiner Lieben per Telefon entgegen, wobei mir noch eine Liste von vergessenem Dingen durchgesagt wurde. Ich suchte mir einen größeren Koffer, verstaute alles und rollte ihn anderntags um sieben zur Bahn, fand schnell ein leeres Abteil und machte es mir auf einem Fensterplatz bequem – in erwartungsvoller Vorfreude auf die geruhsame Bahnfahrt.

Mit einem energischen Ruck ging die Tür auf: „Ist noch frei?", fragte ein dunkelhaariger Mann und schaute mich an, ich nickte.

Herein strömten eine Frau und drei Kinder zwischen Baby und Schulpflicht. Geräuschvolle Platzverteilung und Unterbringung von Tüten, Taschen und Koffern. „Bitte Türen schließen." Eiliger Abschied des Vaters und ein fröhliches „Arrivederci."

Meine Erholungsfahrt begann.

Ich half Jäckchen auszuziehen und zu verstauen, bekam Spielzeug vorgeführt. Nach einer Stunde saß ein dicker Teddy als besonderer Vertrauensbeweis auf meinem Schoß. Ich räumte den Fensterplatz, um den Ausblick freizugeben und packte dabei das eigene Buch zurück in meine Tasche. Während ich etwas zu ruhen versuchte, beobachteten mich drei dunkle Augenpaare.

Essenszeit! Ich sicherte kippende Saftbecher, reinigte klebrige Schokoladen-Fingerchen, hielt eine Weile das Baby samt Flasche und übernahm die Familienaufsicht, während die Mutter kurz das Abteil verließ. Als sie wieder zurückgekehrt war, ging ich für eine Weile auf den Gang, damit auf meinem Platz das Baby gewickelt werden konnte.

Nach sechsstündiger Fahrt hatte ich mein Ziel erreicht. Ich angelte meinen schweren Koffer vorsichtig über die Kinderköpfe hinweg aus dem Netz und brachte anschließend deren Sachen dort unter. Der Abschied war richtig familiär und der kleine Mario steckte noch einen angelutschten Bonbon als Zeichen seiner Zuneigung in die Tasche meines hellen Anoraks.

Meine Familie erspähte mich gleich beim Aussteigen, alle schlossen mich freudig in die Arme. Am Fenster lachende Kindergesichter und viele winkende Hände: „Grazie Signora, Arrivederci!

„Meinen die dich?", fragte mein Mann, während sein Blick erstaunt auf meinen schokoladebeschmierten Anorak fiel.

„Eine geruhsame Fahrt, ganz allein", sagte ich heiter und winkte der entschwindenden Ersatzfamilie nach.

„Bist halt doch vielseitig und pflegeleicht!", erwiderte er und gab mir mit breitem Grinsen einen Kuss auf die Nasenspitze!

Wenn Mutter zum Pinsel greift

An einem ganz normalen Werktag im Frühjahr kam mir die Erkenntnis, dass das Wohnzimmer renoviert werden müsste.

Früher schienen mir Renovierungen eine mittlere Katastrophe, aber seit ich als Heimwerkerin selbst renoviere, habe ich eine Methode ausgeklügelt, die die Leiden aller verringert.

Während mein Mann und unsere beiden Söhne von 13 und 15 ausgiebig das Fußballspiel kommentierten, schweifte mein Blick über die Wände des Wohnzimmers. Im Geist sah ich eine neue Tapete, andere Farben und die Bilder an einer vorteilhafteren Stellen. Plötzlich erstarb die Unterhaltung und der 15-Jährige Klaus sagte in die Stille:

„Leute, bringt euch in Sicherheit, die Mutter greift zum Pinsel!"

Alle Augen schauten mich an.

„Wieso?", fragte ich betroffen.

„Eben hattest Du Deinen Anstreicherblick, stimmts?", konterte Klaus. „Willst du wirklich renovieren?", fragte mein Mann.

Mir blieb nur das Eingeständnis meiner Absichten, die Gegenargumente überschwemmten mich kaskadenförmig. Seit diesem Tag gehe ich geschickter und in Etappen vor.

Nein, einen Reinlichkeitsfimmel habe ich nicht, aber was sein muss, muss sein. Zunächst überdenke ich den günstigsten Zeitpunkt. Frühsommer, wegen der nachfolgenden Erholungspause; Frühjahr, wegen der allgemeinen Erneuerungslust; Vaters Dienstreise, da habe ich freie Hand.

Dann entscheide ich insgeheim, welche Tapete ich schön fände. Wenn der erdachte Zeitpunkt näher rückt, lege ich im Tiefkühlschrank einen Vorrat an fertig gekochten Menüs an, die man nur auftauen muss. An gut getarnter Stelle deponiere ich einen Vorrat an Standardutensilien wie Pinsel, Klebestreifen, Pinselreiniger, Tapetenkleber und Farben, die auf jeden Fall gebraucht werden. Dann beginnt die Stunde der Wahrheit.

Behutsam mache ich auf dunkle Stellen und schwindendes Wohlbefinden aufmerksam. Ich verteile Prospekte in der Wohnung, die Interesse und Ideen wecken. Ich appelliere an den ausgereiften Geschmack aller nach der Methode: Nicht klotzen, sondern fein dosiert kleckern.

Bei nächster Gelegenheit arrangiere ich einem gemeinsamen Bummel durch den Baumarkt und zeige ihnen das, was ich längst ausgeguckt habe. Nun ist das Unternehmen Sache aller. Wir einigen uns auf eine Tapete und einen Termin. Hinweise auf die zu

----

erwartende Unordnung werden mit „ach lass mal, wir helfen doch" zerstreut.

Und dann nimmt das Schicksal seinen Lauf.

Die Kinder finden das Durcheinander ganz lustig, außerdem hat eine Mutter, die den Pinsel schwingt, weniger Interesse an Hausaufgaben und Ordnung. Vater registriert nach der abendlichen Heimkehr erfreut die Fortschritte und trotz klebriger Waschbecken und Farbgeruch sind alle in ganz guter Stimmung. Dazu trägt auch das schmackhafte Essen bei.

Am Ende ein strahlendes Wohnzimmer und allseitiges Aufatmen, dass das mal wieder überstanden ist. Und beim Einweihungsessen Vaters Bemerkung, wie froh er sei, dass wir das Ganze zusammen angepackt hätten!

Nachtrag: „Der Mensch kann so dumm sein, wie er will, er muss sich nur zu helfen wissen."

Bei einer dieser Renovierungsaktionen hatte ich ein besonderes Erlebnis. Ein Raum sollte einen neuen Anstrich erhalten, alles war gut vorbereitet: Das Zimmer war ausgeräumt der Boden abgedeckt, Fenster- und Türrahmen mit Klebeband gegen Farbspuren gesichert, die Farbe gut durchgerührt.

Ich war allein, kein Problem – dachte ich und beschloss: Ehe ich mit der Rolle die Decke streiche, werde ich die Übergänge von der Decke zu den Wänden mit der Bürste vorstreichen.

Ich stellte mir die Leiter zurecht: Bürste eintauchen, Farbüberschuß abstreifen, raufklettern, Farbe gleichmäßig verteilen; rückwärts runter, wieder eine neue Bürste voll Farbe holen.

Leiter umstellen, Farbeimer näher rücken, Bürste eintauchen, die Farbe feinsäuberlich in alle Ritzen verteilen, rückwärts runter …… und zack stand ich mit einem Bein im Farbeimer.

Ach du Schande, was jetzt? Es war niemand da, der mir helfen konnte. Klar war nur: Aus dem Eimer darf ich nicht raus, denn mit dem von weißer Farbe triefenden Fuß würde ich die ganze Wohnung dekorieren. Und was jetzt?

Schließlich kam mir eine Idee. Ich packte probeweise den fast vollen Eimer am Henkel und versuchte zu laufen: Ein Bein im Eimer, einen Fuß auf dem Boden – das ging. Aber das Bad liegt im 1. Stock!! Also nach oben: Der Eimer war verflixt schwer, nur nicht kippen. Eine Stufe mit Bein im Eimer hoch, den freien Fuß nachziehen, sicheren Stand suchen, weiter, 17 Stufen.

Oben angelangt über den Flur ins Bad bis vor die Badewanne. Den farbtriefenden Fuß mit Schuh in die Wanne – geschafft. Das andere Bein nachziehen und erst mal mit der Brause großzügig die Farbe abspülen, Wasser abstellen. Die gesamte Kleidung ausziehen, incl. der Schuhe im Waschbecken daneben deponieren. Danach eine gemütliche Dusche am Vormittag – das tat gut. Abtrocknen, frische Kleidung anziehen – fertig!

Die Klamotten samt Schuhen in die Waschmaschine verfrachten – alles wurde sauber, die Farbe war ja noch flüssig.

Als ich abends der vollzähligen Familie von diese Panne erzählte, war die Heiterkeit groß und mein Mann meinte lächelnd:

Der Mensch kann so dumm sein, wie er will …

Wie du mir, so ich dir!

Belinda, etwa fünf Jahre, hüpft munter auf den Platten vor dem Reihenhaus. Hinke-pinke, hinke-pinke … Ihr strohblondes Pferdeschwänzchen hüpft im Takt, ihr Sommerkleid ist bunt wie eine Sommerwiese.

„Mami komm, wir wollen doch zu Omas Geburtstag!", ruft sie.

Frau Weber erscheint in der Haustür, rennt nochmal zurück, taucht mit Omas Geburtstagsstrauß wieder auf.

„Komm, Kleines!", ruft sie und nimmt Belinda an die Hand.

Die beiden gehen flott die Straße entlang. Belinda plappert munter drauflos, ihre Mutter studiert im Vorbeigehen die Auslagen der Schaufenster. Plötzlich bleibt sie stehen und betrachtet irgendetwas in der Auslage genauer.

„Also, das ist doch unerhört!", wettert plötzlich eine spitze Frauenstimme voll Empörung, „was fällt denn dieser Göre ein?"

Frau Weber schrickt zusammen, schaut ratlos auf eine rot angelaufene, korpulente Dame, die einen gepflegten Setter an der Leine hält. „Bitte, meinen Sie mich?"

„Ja, Sie und Ihre Tochter, wenn's recht ist. Wieso streckt mir diese Göre einfach die Zunge raus?"

Erstaunt schaut Frau Weber auf Belinda. „Hast Du die Zunge rausgestreckt?"

„Ja", sagt Belinda und schaut ihre Mutter offen in die Augen, „der da hat angefangen!"

Und sie deutet unmissverständlich auf den hechelnden Setter!"

Wie ist das Wetter in der Türkei?

Als es zur Pause läutet, stürmt Tobias gemeinsam mit seinen Klassenkameraden in den Schulhof. Kalt ist es heute, dazu diesig und regnerisch.

Er beißt herzhaft in den mitgebrachten Apfel und kickt mit den Kameraden eine herumliegende Blechdose hin und her. Einmal fliegt sie in einen schmalen Seitengang und als er sie dort herausholen will, fällt sein Blick auf Izmir, der erst seit ein paar Wochen zur Klasse gehört. Izmir sitzt zusammengekauert auf einer kleinen Betonmauer, versteckt hinter einigen Sträuchern. Tobias kickt die Dose zurück, dann geht er zu ihm.

„Ist dir kalt?", fragt er. Izmirs dunkle Augen richten sich auf ihn, dann schüttelt er traurig den Kopf.

„Ist dir nicht gut?" Diesmal füllen sich Izmirs Augen mit Tränen, Tobias setzt sich neben ihn.

„Was ist denn?", drängt er erneut.

„Ich sehe das Licht, aber nicht die Sonne", antwortet Izmir nach einer Weile, „in mir ist alles dunkel."

In diesem Augenblick schellt es, und die beiden müssen zum Unterricht zurück.

Später, auf dem Heimweg, geht Tobias neben Izmir her, sie wohnen nicht weit voneinander entfernt.

„Papa, wie ist das Wetter in der Türkei?", fragt Tobias beim Abendessen. Vater Straub schaut erstaunt vom Teller auf:

„Wie das Wetter in der Türkei ist?"

„Ja, das Wetter in der Türkei!"

„Das weiß ich doch nicht, ich war noch nie dort?

„Wie kommst du denn auf so etwas?"

„Ach, ich meine nur so!"

Nun horcht auch Mutter Straub auf.

„Habt ihr in der Schule über die Türkei gesprochen?", hakt sie nach. – „Nee!"

„Und warum interessierst du dich dann für das Wetter dort?"

„Weil Izmir so traurig ist. Er sagt, er sieht das Licht, aber trotzdem ist alles dunkel!"

Straubs kannten die türkische Familie vom Sehen, mehr nicht.

„Wann hat er das gesagt?"

„Er saß so komisch in einer Ecke, ich hab' ihn gefragt, ob er friert und auf einmal hat er beinahe geweint, ich hab's genau gemerkt!"

Seit diesem Tag hat Izmir einen Klassenkameraden, der ihn zur Schule oder zum Sport abholt, ihm Mut macht und auch mal in Schutz nimmt, wenn andere unfreundlich zu ihm sind.

Und seitdem sieht auch Izmir die Sonne in unserem Land, selbst wenn es regnet!

Enkelkinder und Tiere
bereichern das Leben

Sonnenstrahlen

Ein kleines Kind schaut mich an.
Es verbirgt nicht den Blick ,
fürchtet nicht, erkannt zu werden.
Aufmerksam ruht sein Blick in meinem.

"Was willst du?", fragen die Kinderaugen,
unwillkürlich muss ich lächeln.
Noch ein Augenblick Aufmerksamkeit,
dann huscht wie ein Sonnenstrahl
ein Lächeln der Erwiderung über das Gesichtchen.

Bewegung kommt in den kleinen Körper,
begeistertes Strampeln,
ein jauchzendes Lachen,
zwei Ärmchen strecken sich mir entgegen,
ich bin glücklich!

Ein Geschenk des Himmels

Markus Weiler und unser Sohn besuchten viele Jahre die gleiche Schule, die beiden verband eine herzliche Kameradschaft.

Wir, die Mütter der Jungen, gehörten beide zum Elternbeirat und lernten uns dabei ein wenig näher kennen. Als unsere Jungs die Schule verließen, trennten sich ihre Wege und auch wir Frauen begegneten uns nur noch selten.

Eines Morgens fiel mein Blick beim Durchblättern der Zeitung auf eine Traueranzeige: Markus Weiler, 22 Jahre. Und darunter:

„Wir sind dankbar, dass er zu uns gehörte, aber wir wissen nicht, wie wir ohne ihn weiterleben sollen."

Die Anzeige war erst nach Markus' Beerdigung veröffentlicht.

Ich war wie vom Donner gerührt. Nein, sagte ich kopfschüttelnd, Markus, dieser quicklebendige Junge!!

Später erfuhr ich: Markus war bei einem Autounfall auf dem Beifahrersitz aus dem Schlaf heraus in den Tod gerissen worden. Der Fahrer des Wagens und die beiden anderen Insassen wurden nur leicht verletzt. Markus' Mutter hatte es schwer, mit diesem Schicksalsschlag fertig zu werden. Als wir uns nach längerer Zeit mal wieder begegneten, fiel mir auf, dass sie weniger niedergeschlagen wirkte als Wochen vorher.

„Ich glaube", antwortete sie auf meine Frage nach ihrem Ergehen, „der Himmel hatte ein Einsehen mit mir!"

Und was es mit diesem Himmelsgeschenk auf sich hatte, lasse ich sie selbst erzählen.

„Es war ein warmer Frühlingsmorgen. Die Terrassentür unseres Wohnzimmers stand zum Lüften weit offen, ich saß im Sessel und las. Plötzlich hörte ich ein leises Klappern, schaute

----

mich um und was meinen sie, was ich sah? Mitten auf dem Schreibtisch saß ein junges Eichhörnchen. Sein rostbraunes Fell mit weißem Brüstchen leuchtete in der Sonne.

„Ja sag' mal, was willst denn du hier?", fragte ich leise. Aber statt durch die geöffnete Tür Reißaus zu nehmen, schaute der Winzling nur kurz auf, um sich dann wieder mit einem dort liegenden Bleistift zu beschäftigen. Ich setzte mich wieder hin. Nach einer Weile kam das kleine Kerlchen bis an die Schreibtischkante, schaute mich aufmerksam an und kehrte wieder zu seinem Spielzeug zurück. Ich stand auf und machte leise die Balkontür zu."

So lernten sich die beiden kennen und das war der Anfang einer Freundschaft. Ein um Rat gefragter Tierkenner empfahl, zu probieren, ob der Kleine (der später Hansi genannt wurde) allein Nüsse knacken könne. Wenn nicht, solle man mit dem Freilassen warten, bis er dazu imstande wäre. Er konnte es noch nicht und infolgedessen blieb er!

Hansi wuchs heran und wurde zu einem possierlichen und geliebten Hausgenossen. In Markus' verwaistem Zimmer erhielt er einen weich gepolsterten Schuhkarton als Schlafnest, hier fand er Ruhe und Sicherheit, wann immer er wollte, nur nachts wurde die Tür dieses Zimmers zugemacht. Doch bereits am frühen Morgen begehrte er mit keckernden Rufen herausgelassen zu werden. Dann jagte er quer durch die Räume, kletterte seiner Ziehmutter am Hosenbein hoch, saß auf ihrer Schulter oder wartete auf ihrem Kopf, bis sie endlich mit dem Zähneputzen fertig war, um kurz danach begeistert sein Futter zu verschmausen.

Bei vielem, was Frau Weiler tat, schaute er interessiert zu, und wenn er (als Schutz vor heißen Herdplatten oder dem ratternden Staubsauger) in seinem Zimmer bleiben musste, schimpfte er

----

hinter der Tür, bis sie wieder geöffnet wurde. Telefonanrufe genoss er, denn da konnte er auf den Schoß seiner Ziehmutter klettern und sich in ihre warme Hand kuscheln. Sein Schwänzchen ringelte er dabei ordentlich um sich. Manchmal band Frau Weiler sich einen Wollschal um ihre Taille. In dieser Tragetasche machte es sich Hansi bequem und genoss offenbar das wiegende Herumgetragen werden. Das Ende der Geschichte lasse ich wieder Frau Weiler selbst erzählen.

Hansi wurde rasch größer und lernte seine Nüsse selbst zu knacken. Aber dann fiel mir auf, dass er immer öfter still auf der Fensterbank saß und hinauf in den großen Walnussbaum schaute und mir wurde schmerzlich bewusst, dass dort sein eigentlicher Platz war. Hansi war nur eine Leihgabe auf Zeit, mein Mann und ich hatten uns geschworen: Nie soll er ein Käfigtier werden, sondern in Freiheit leben dürfen. Aber wir ahnten: Würden wir ihn einfach freilassen, bestand die Gefahr, dass jemand aus der Umgebung das zutrauliche Tierchen einfangen und einsperren würde.

Nach reiflicher Überlegung fuhren wir an einem Sonntagmorgen gemeinsam zu einem weit entfernten Wald. Wir streuten eine ganze Tüte Futter aus und ließen Hansi frei. Sofort flitzte er in den Gipfel eines hohen Baumes, kam zurück, beäugte uns lange von einem herunterhängenden Ast aus und sauste dann wieder nach oben. Schließlich entschwand er unseren Blicken.

Mein Mann und ich standen da und weinten wie Kinder. Wir waren traurig und froh zugleich.

Entschlossen fassten wir uns bei den Händen, gingen zurück zu unserem Wagen und fuhren nach Hause.

Drei Wochen ist das jetzt her. Die Wohnung ist leer ohne Hansi und manchmal meine ich, sein lockendes Rufen hinter der Tür von Markus' Zimmer zu hören.

„Aber wissen sie", fügte sie dann mit einem Lächeln hinzu, „es ist sonderbar. Seit Hansi bei uns gelebt hat, höre ich wieder die Vögel singen, sehe die Blumen blühen und nehme den Sonnenschein wahr.

Er hat mich aus meiner Verzweiflung herausgeführt und mir den Blick für das Schöne zurückgegeben, dafür bin ich unserem kleinen Freund und dem Himmel für immer dankbar."

Familienkomplott

An einem schönen Sommertag stand er plötzlich wie selbstverständlich mitten in unserer Küche. Ein noch sehr kleiner, silbergrau getigerter Kater mit großen blauen Augen. Keck ragte sein Schwänzchen in die Luft und er schaute mich an als wollte er sagen: „Na, wie findest du mich?"

Mein Blick fiel auf die offene Terrassentür, doch ich war so verblüfft, dass mir nichts Besseres einfiel als zu fragen:

„Ja sag mal, wo kommst du denn her?" Das Katerchen strich mir um die Beine, miaute eindringlich und schaute mich erwartungsvoll an. „Hast Du Durst?"

Ich stellte ihm ein Schälchen verdünnte Milch hin, unter genüsslichem Schmatzen schlabberte er sie in sich hinein. Dann leckte er sorgfältig sein Schnäuzchen. Ich nahm ihn auf den Arm, er war federleicht und schmiegte sich vertrauensvoll an mich. Ich mag Katzen, aber ich dachte auch daran, dass mein Mann diese Zuneigung keineswegs teilte. Doch unsere drei Kinder würden ein Begeisterungsgeschrei anstimmen, das wusste ich genau.

Um Komplikationen aus dem Weg zu gehen, trug ich das Katerchen in den Garten und setzte es vorsorglich über den Zaun des Nachbarn, in der Annahme, es würde schon nach Hause zurückfinden.

Als ich am nächsten Morgen meine beiden Ältesten zur Schule wecken wollte, traute ich meinen Augen nicht. Da, wo Claudias nackte Füße aus der Bettdecke herausragten, lag behaglich zusammengerollt und halb verdeckt das Katerchen. Es blinzelte mich an: „Na, wir kennen uns doch?"

„Ja sagt mal, was ist das denn?" Sofort saßen meine Töchter aufrecht im Bett.

„Das ist der Mikesch", sagte die Zwölfjährige kleinlaut, „der kommt immer." Dann berichteten sie, dass sie ihn seit Tagen heimlich auf der Terrasse füttern. Aha, dämmerte es mir, aber ich fragte: „Wisst ihr, wem er gehört?"

„Ja, der Frau König, aber die sagt, wir sollen ihn behalten. Doch wegen Papa ...!" Vier Augen schauten mich flehend an, die beiden kennen meine Katzenliebe.

Mikesch blieb an diesem Morgen im Kinderzimmer, in wortlosem Einvernehmen schwiegen wir beim gemeinsamen Frühstück über den Katzenbesuch. Die Kinder gingen wie üblich zur Schule und Vater zur Arbeit. So gegen 11 nahm ich Mikesch auf den Arm und besuchte Frau König, eine liebe alte Dame, die zwei Straßen weiter wohnte. Sie freute sich über mein Kommen.

Jemand habe ihr das Kätzchen geschenkt, berichtete sie, aber da sie demnächst in ein Altenheim übersiedeln werde, mache sie sich Sorgen. Aber unsere drei Kinder, die hätten ihn doch so gern...!

Beim Mittagessen schmiedeten wir zusammen einen Plan, in dem Clemens, unserem Jüngsten, eine wichtige Rolle zukam. Als Vater nach dem Abendessen gemütlich im Sessel saß, wurde Clemens vorgeschickt.

„Paps, mach mal die Augen zu!" Folgsam tat Vater, was ihm geheißen wurde. Dann setzte ihm Claudia den kleinen Mikesch auf den Schoß. „Jetzt aufmachen!" Vater öffnete erwartungsvoll die Augen und sagte: „Ach Kinder, ihr wisst doch...!"

Ja, natürlich wussten alle, was er meinte, aber dies war schließlich ein Notfall! Ich erklärte ihm die Situation. Mikesch saß ganz still und schaute interessiert unseren nicht eben wohlgesonnenen Vater an.

„Wenn ich euch Vier so sehe", sagte er schließlich gut gelaunt und machte sein Lausbubengesicht, „dann sieht mir das eher nach einem Familienkomplott aus?" Gut geraten!

Kurz gesagt: Papas Katzenabneigung schmolz unter Mikeschs Charme dahin. Das Katerchen blieb. Es musste zwar lernen, nicht in Kinderbetten zu schlafen und keine Tische zu erklettern, aber in unbewachten Augenblicken saß es immer mal wieder auch auf dem Schoß des Familienoberhauptes und nach einer Eingewöhnungszeit wurden die beiden „ziemlich beste Freunde!"

Konterfei von Oma

Großmütter von heute sind nicht mehr so, wie sie früher mal waren. Falls jemand daran Zweifel hat, empfiehlt es sich, sich von einem Enkelkind ein Konterfei malen zu lassen, da kommt die Wahrheit an den Tag.

Haarknoten, Strickstrumpf und Märchenbuch – Fehlanzeige!

„Oma, hast du Filzstifte, ich möchte malen?", fragt Andreas. Omas von heute haben auch Filzstifte, das erforderliche Papier und eine Plastiktischdecke für farbige Aktionen dieser Art.

„Was malst du denn?" Er überlegt mit gekräuselter Stirn, dann hat er die Lösung: „Ich male dich! Aber du darfst nicht gucken, erst wenn's fertig ist!" Gesagt – getan!

Derweil ich in der Küche seine Leibspeise produziere, kreiert er ein Bild von mir.

Es dauert eine Weile, unterbrochen vom begeisterten Mittagsschmaus, dann ist es soweit.

Das Kunstwerk wird zur Besichtigung freigegeben.

Es hat drei Teile:

Bild 1: Oma trägt Turnschuhe. Ich schaue an mir runter – stimmt! Außerdem fährt sie das Auto und Opa sitzt auf der Beifahrerseite. Richtig, mein Mann überlässt oft mir das Steuer. Zudem transportiert sie eine Leiter, Farbeimer und Pinsel. Die Renovierung liegt zwar Monate zurück, aber auch das stimmt.

Bild 2: Ein qualmender Herd, ein hungrig aussehendes Kind daneben, nach der Farbe des Pullovers Andreas selbst, während Oma am Telefon sitzt. Au weia, neulich ist mir tatsächlich ein Apfelpfannkuchen angebrannt, weil es zwischendrin telefonierte! Gut beobachtet!

Bild 3: Oma mit überdimensionaler Sonnenbrille, auf Krücken, auch das stimmt. Ich hatte mir den Knöchel gebrochen. Später war ich mal in USA, aber der Transport, stehend auf der Tragfläche eines Jumbos, ist künstlerische Freiheit.

Sag ich doch: Omas von heute sind nicht mehr, wie sie früher mal waren!

Meine erste große Liebe

„Den kannst du haben, aus dem wird sowieso nix!", sagte ein Nachbar, Besitzer einer Stallhasenzucht. Gemeint war eines von elf Hasenkindern, die ihm erhebliche Kopfzerbrechen machten, weil sie erst Ende November geboren waren.
Ich war damals etwa 14 Jahre alt.
Und der, aus dem angeblich „sowieso nix werden würde", war das kleinste Häschen aus dem Spätwurf.

Ohne zu zögern griff ich nach dem weißen Fellknäuel, das mir da angeboten wurde. Ich verbarg das Tierchen vorsichtig in meiner Jacke und zog eilends zusammen mit meiner Schwester davon, ehe der Besitzer es sich anders überlegen konnte. Auch ihr hatte er ein Häschen geschenkt.

Wenig später hockten wir zusammen in einer versteckten Ecke, und während wir die Tierchen streichelten, dämmerte uns, dass zwei Hasenkinder zwei Wochen vor Weihnachten in der Wohnung doch etwas schwierig werden könnten?

Aber unsere Mutter war Expertin für Notfälle jeder Art. Sie konnte zerschundene Kinderknie oder Hände verpflastern, gab Bettlern zu essen. Würde sie auch hier Rat wissen oder sogar mitspielen? Wir zogen auch unsere jüngste Schwester ins Vertrauen.

„Hände auf und Augen zu", diese Aufforderung war die Spezialität der Familie für Überraschungen aller Art.

So auch diesmal. Als Mutter ins Zimmer kam, sagte ich: „Hände auf und Augen zu!" Sie tat es gehorsam, während meine Schwestern erwartungsvoll danebenstanden. Ich setzte ihr vorsichtig mein Häschen in die Hand. Sie öffnete die Augen und sagte: „Ach je, wie winzig, wer bist du denn?" und streichelte es liebevoll. „Ach Mutti, bitte…!"

Unser Betteln wirkte, die beiden durften in der Wohnung bleiben, denn draußen hätten sie nicht überlebt (ein Umstand, den wir Kinder besonders begrüßten). Aber Mutti betonte ausdrücklich: nur bis zum Frühjahr!

Aus organisierten Brettern zimmerten wir unter ihrer Anleitung eine kleine Behausung und nach längerem Hin und Her gaben wir den neuen Familienmitgliedern auch Namen. Meine Schwester nannte ihr Häschen Franzi und ich meines Benjamin. Wir hatten viel Spaß mit diesen quicklebendigen Gesellen.

Unter Mutters behutsamer Führung lernten wir, sie nicht zu Spielzeugtieren zu degradieren. Sie duldete weder, dass wir sie mit Gebäck fütterten noch in den Puppenwagen oder in unsere Betten einquartierten. Das Heranschaffen von artgerechtem Futter und das Entfernen sämtlicher Hinterlassenschaften in und außerhalb ihrer Behausung war und blieb unsere Sache. Mutter brachte uns dazu, die notwendigen Pflichten zu übernehmen.

Während Franzi ganz anpassungsfähig war, blieb Benjamin ein eigenwilliger kleiner Clown, dem ich so nach und nach meine ganze Liebe und mein Herz schenkte.

Als das Frühjahr kam, wurde im Garten ein richtiger Stall gebaut und die beiden dorthin umquartiert. Zusätzlich bauten wir aus Brettern und Maschendraht einen großen Auslauf, denn dass die beiden auf Dauer nur in einem engen Stall leben sollten, schien uns unvorstellbar. Als der Auslauf fertig war, setzten wir beide Häschen im Beisein der ganzen Familie hinein.

Franzi beschnupperte die neue Umgebung gründlich, Benjamin fing sofort an vergnügt zu rennen und machte einige seiner verrückten Bocksprünge, alle lachten darüber. Doch plötzlich schlug er mitten im Lauf mit dem Köpfchen an ein Begrenzungsbrett und fiel um. Alle hatten deutlich den Schlag gehört. Mutter stieg rasch übers Gitter:

„Benjamin!", sagte sie leise und hob ihn auf. Sie streichelte ihn, befühlte seine kleinen Glieder und horchte schließlich nach seinem Herzschlag. Dann schaute sie uns ratlos an und sagte: „Ich glaube, er ist tot!"

„Nein", weinte ich, „er blutet doch gar nicht!", ich konnte und wollte es einfach nicht glauben, ich liebte ihn.

Doch Mutter hatte recht. Irgendwie hatte er sich das Köpfchen verletzt, äußerlich war nichts zu sehen, aber er war tot.

Wir weinten alle vier und konnten es nicht fassen. Jeder nahm den kleinen Körper noch mal auf den Arm, aber schon am Abend begruben wir Benjamin in einem Pappkarton und umkränzten sein Grab mit Blumen. Für mich war es am Schlimmsten.

In der folgenden Nacht hatte ich so brennende Sehnsucht, dass ich es nicht mehr aushielt.

Als alle schliefen, schlich ich im Nachthemd hinaus in den Garten und grub den Karton heimlich wieder aus, öffnete ihn und streichelte lange Benjamins weißes Fellchen und erinnerte mich an viele Erlebnisse mit ihm.

Schließlich legte ich ihn vorsichtig zurück in den Karton, begrub ihn erneut und verwischte sorgfältig alle Spuren meines nächtlichen Besuches.

Danach kroch ich unbemerkt in mein Bett zurück, erst da spürte ich, wie sehr ich fror. Aber meine Verzweiflung hatte nachgelassen und ich konnte endlich einschlafen. Jahrelang erzählte ich niemandem von diesem nächtlichen Besuch

Heute weiß ich, was mich meine Liebe zu Benjamin und sein plötzlicher Tod gelehrt hat: Je inniger eine Liebe ist, desto tiefer ist der Schmerz bei deren Verlust.

Wenn unser Verstand schon sagen kann „es ist zu Ende" braucht unser Herz noch lange Zeit, ehe es in einen Abschied für immer einwilligen kann.

Muss Oma umlernen?

Keine Frage: Großeltern übernehmen gerne die eine oder andere Aufgabe für Enkelkinder, aber manche Neuerungen im Bereich der Kindererziehung sehen sie kritisch. Schließlich haben sie aus der Zeit der eigenen Erziehungsverantwortung Erfahrung mit Neuerungen, die sich nicht bewährten.

Unser vierjähriger Enkel Tobias war zu Besuch, seine Mutter hatte Wichtiges zu erledigen. Wir spielten zusammen die altbekannten Spiele, das Zusammensein mit Enkeln macht meistens Spaß. Aber plötzlich interessierte Tobias das Spiel nicht mehr und er kommandierte: „Los, hol 'jetzt mal ...!"

„Na", sagte ich, „kannst du das auch ein bisschen anders sagen? Bitte oder ich möchte?" - „Nein, ich will das nicht!"

Da er diesen Ton nicht zum ersten Mal anschlug, blieb ich dabei. „Komm, Tobi", bat ich, „sag' doch einfach ein bisschen freundlicher, was du willst!"

Er weigerte sich. „Bei meiner Mama sag' ich das auch nicht!" und „ich kann das Wort nicht sagen" waren seine Argumente.

Noch zwei, drei Befehlsversuche seinerseits „los, hol jetzt" und als ich darauf nicht reagierte, schmiss er sich der Länge nach auf den Teppich und begann zu heulen, erst verhalten, dann immer lauter - es war eine Kraftprobe mit mir.

Ich ging in die Küche, machte hinter mir die Tür zu und begann das Essen zu richten. Nach drei Minuten wurde ich unsicher, ob der Anlass für diese Lektion wichtig genug war? Doch dann entschied ich, konsequent zu bleiben.

Plötzlich verstummte nebenan das zornige Geheul wie abgeschnitten. Kurz darauf ging leise die Türklinke runter und Tobias kam herein – als wäre nichts geschehen, er wolle mir helfen.

Er deckte bereitwillig den Tisch, danach aßen wir zusammen und erzählten uns, alles war eitel Sonnenschein. Und nach dem Tisch-Abräumen fragte er:

„Kann ich das Buch vom kleinen Tiger holen?" – „Na klar!"

Als er nachmittags abgeholt wurde, informierte ich vorsorglich meine Tochter über unseren „Fight", sie äußerte sich nicht dazu!

Anderntags telefonierten wir zusammen.

„Hat Tobi noch was wegen unserem Streit gesagt?", fragte ich. Die Sache beschäftigte mich doch noch.

„Ja, die Oma hätte ihm einfach nicht das andere Spiel gegeben, er wisse nicht warum?" Aber dann schob sie noch nach und ihr Schmunzeln war durchs Telefon zu spüren: „Stell dir vor. Vorhin wollte Kim (der jüngere Bruder) Tobias' neues Auto haben und als er es nicht bekam, fing der Kleine wütend an zu schreien. Und was meinst du, was Tobias sagte? Erst sagst du bitte oder ich möchte, vorher geb' ich es dir nicht - wie findest du das?"

„Ach, sieh mal einer an", erwiderte ich, „obwohl der kleine Schlauberger doch angeblich solche Worte nicht kennt!"

Fazit: Großeltern sind durchaus lernbereit, aber sie müssen nicht bei allem, was sie für wichtig halten, umlernen!

Mut zum Zweifeln (*Ein Tiermärchen*)

Zwischen sanften Hügeln, Wiesen und einem ausgedehnten Mischwald verlief eine breite, viel befahrene Autobahn. Sie zerschnitt den Wald ausgerechnet oberhalb des kleinen Baches, der den Tieren der Gegend als Tränke diente. Jede Woche war der Forstmeister damit beschäftigt, diejenigen aufzusammeln, die beim Versuch, die Fahrbahn zu überqueren, den Tod gefunden hatten.

Eines Tages erschien rumpelnd eine Kolonne Laster, gefolgt von einer tosenden Planierraupe. Wochenlang wurde an der Straße gewühlt, gebaggert und gegraben. Als endlich wieder Ruhe einkehrte, war eine Untertunnelung der Fahrbahn entstanden, durch die Menschen und Tiere ungefährdet auf die andere Seite der Straße gelangen konnten.

Natürlich hatten sämtliche großen und kleinen Waldbewohner das bedrohliche Treiben aufmerksam beobachtet. Nun versammelten sie sich auf der großen Waldlichtung, denn dies war ein außergewöhnliches Ereignis.

„Also", ließ sich ein alter Hase vernehmen, „ich verlasse mich zum Überqueren der Fahrbahn lieber auf meine bewährte Schnelligkeit. Ich werde dieses dunkle Loch nicht durchqueren, es ist mir zu unsicher."

„Jawohl", pflichtete ihm ein schlankes Reh bei, „wer weiß, was dort für Gefahren lauern?"

„Weshalb seid ihr so misstrauisch?", fragte ein kleiner Igel, „vielleicht ist ja dieser Tunnel wirklich gut für uns? Wie viele unserer Freunde wären noch am Leben, hätten sie nicht über die breite Straße gemusst?" – „Ich muss mich doch sehr wundern?", säuselte der Fuchs, „hast du etwa Angst?"

„Natürlich", erwiderte der Igel, „es ist Dummheit, sich nicht einzugestehen, dass man nicht so schnell ist wie andere!"

„Seit wann lassen wir Tiere uns die Wege von den Menschen vorschreiben?", ergänzte der Fuchs listig, „die haben es doch nur auf uns abgesehen!"

„Das stimmt nicht", wandte ein junger Hirsch ein, „manche versorgen uns bei Eis und Schnee sogar mit Futter" .... „und sie pflanzen Kohl für uns", ergänzte ein sehr junger Hase, dem noch ein bisschen der Durchblick fehlte.

„Menschen zu vertrauen, ist Dummheit", schürte der Fuchs das Misstrauen." - „Weil Du selbst oft lügst!" quietschte ein keckes Eichhörnchen und flitzte sicherheitshalber in den Baum.

„Außerdem sind die überfahrenen Tiere eine bequeme Futterquelle für Fuchsens", raunte ein samtiger Maulwurf aus seinem Loch. Die wenigen, die diesen Einwand gehört hatten, nickten zustimmend. Alle kannten die Futtergier der Fuchsfamilie.

Die Versammlung endete ohne Beschluss, was man tun solle.

Einige Tiere nahmen am nächsten Abend allen Mut zusammen, durchquerten vorsichtig, aber zielstrebig den Tunnel und erreichten sicher den erfrischenden Bach.

Andere warteten noch eine Weile im Schutz der Büsche, doch dann nahmen sie die sicher Zurückgekehrten als Vorbild und bestanden ebenfalls das Abenteuer.

Manche rannten nach bewährter Methode über die Fahrbahnen und noch in derselben Nacht wurden wieder einige überfahren und Familie Fuchs schleppte die Beute ab.

Ein Reh, das auf diese Weise einen nahen Verwandten verloren hatte, zog sich tief in den Wald zurück. Es wagte in den nächsten

----

Tagen weder den Sprung über die Autobahn, noch konnte es seine Angst vor dem unbekannten Tunnel überwinden.

Es lag mutlos in der Sicherheit der Dickung. Eine Weile redeten ihm andere gut zu, aber schließlich gaben sie auf. Nur ein kleiner Igel blieb in seiner Nähe, er sorgte sich um das ermattete Reh, denn er wusste aus eigener Erfahrung, wie sehr Angst und Hunger einem zusetzen kann. Als das Reh schon nahe am Verdursten war, dachte es plötzlich: „Vielleicht ist der Tunnel ja doch sicher?" Es erzählte dem Igel von diesem Gedanken und der nutzte die Gelegenheit, es zu ermutigen. „Lass uns doch einfach gemeinsam gehen", sagte er.

Das Reh hörte in der folgenden Nacht wieder die Gespräche der Tiere. Ob es ihnen glauben durfte?

Am nächsten Abend raffte es sich mit letzter Kraft auf und wankte ermattet vorwärts. Vom Zuspruch des kleinen Igels begleitet erreichte es die Unterführung. Über sie donnerten Autos hinweg, aber nichts geschah. Unbehelligt erreichte das Reh den plätschernden Bach, sank nieder und trank - trank - trank!

Als es endlich aufstand, fühlte es sich wie neu geboren. Und erst da bemerkte es, wie winzig der kleine Gefährte war, der es zu diesem Abenteuer überredet hatte.

Von oben schaute es staunend auf das runde Stachelkerlchen herunter, das kaum höher war, als das frisch gemähte Gras.

Der Igel zwinkerte vergnügt mit seinen schwarzen Äuglein und bemerkte: "Duuu, aber auf dem Rückweg bitte nicht so große Sprünge machen, sonst kommt unsereins nicht mit!"

Nennen wir ihn einfach Toni!

Ein krachendes Gewitter mit sintflutartigen Regenfluten. Als Schwiegersohn Raimund sich danach in seinem Garten umsieht, findet er ein Vogelnest, das der Sturm aus einem der Bäume gefegt hat. Zwei der kleinen Bewohner sind tot, aber der dritte nackte Winzling sperrt den Schnabel auf – Huuunger!!

Raimund ist Experte in der Aufzucht von in Not geratenen Lebewesen. Umgehend richtet er in einem alten Vogelkäfig ein kleines Körbchen als Nest ein (denn es gibt eine Katze im Haus), polstert es mit weichen Papier-Tüchern und beginnt mit der Fütterung. Die erste Notverpflegung besteht aus etwas Katzenfutter, vermischt mit Walderdbeeren und Haferflocken, angereicht wird es mit einem Zahnstocher. Der kleine Nackedei futtert gierig, zwischendurch nimmt er anstandslos Wassertropfen aus einer Pipette an, dann schläft er sofort in seinem Nestchen ein. Aber bereits nach 10 Minuten sperrt er wieder laut piepsend den kleinen Schnabel auf – Huuunger!!

Die Intervalle werden etwas länger, aber so ähnlich geht es in der Folgezeit zu - Tag und Nacht. Doch Raimund und sein Sohn Jens kennen das schon. Sie teilen sich die Arbeit und füttern und tränken geduldig den Neuankömmling abwechselnd.

„Und wie soll er heißen?", fragen alle. „Nennen wir ihn einfach TONI", wird nach kurzer Familiendiskussion entschieden.

Toni frisst tüchtig und wächst rasch, nach und nach zeigen sich die ersten Federn und damit ist klar: Er ist ein Haussperling.

Später folgen die ersten Flugversuche durch die Wohnung. Die Katze ignoriert Toni inzwischen, schließlich gehört er zur Familie (doch Raimund besteht darauf, dass er tagsüber sicherheitshalber auf einer Stange im Vogelkäfig sitzt).

Tonis erklärter Lieblingssitzplatz ist entweder auf Raimunds Schulter oder auf dem Kopf von Jens. In dessen Haarschopf ist es warm und gemütlich, während Jens am Computer arbeitet.

Eines Tages öffnen die „Herbergseltern" schweren Herzens die Balkontür, denn Toni soll - wie alle früheren Gäste dieser Art – in Freiheit leben. Er fliegt sofort in den nächsten Baum, ist 1-2 Tage verschwunden, dann ist er wieder da.

Und so bleibt es auch im Herbst und Winter. Er wartet geduldig auf der überdachten Terrasse, bis ihm ein Familienmitglied die Tür öffnet. Dann fliegt er zielstrebig auf die Schulter des Nächststehenden, um auf Futter zu warten oder gestreichelt zu werden.

Im Frühjahr kommt er nur sporadisch, im April ist er wieder da … und bringt seine Partnerin mit. Beide sind damit beschäftigt, im Nachbargarten ein Nest zu bauen. Raimund zerrupft eines der dünnen Papiertücher, in denen Toni selbst aufwuchs und legt die Schnipsel auf den Tisch. Sofort ist Toni zur Stelle und schleppt das Nistmaterial ab. Bei den nächsten Besuchen sucht er Futter und Raimund (als Experte für tierische Notfälle) hat sogar getrocknete Würmer und ähnliche Spezialitäten parat, doch zum eigenen Frühstück bevorzugt Toni Kokoszwieback.

Inzwischen kommt er sogar durchs gekippte Küchenfenster hereingeklettert. Dann setzt er sich gegenüber dem Kühlschrank auf eine Stuhllehne und macht durch lautes Gepiepse auf die Notlage seiner hungrigen Familie aufmerksam – verständlich, schließlich kann er nicht klingeln, wenn er zu Besuch kommt!!

Seit etwa einer Woche kommen täglich zwei winzige Jungvögelchen mit ihrem Vater zum Frühstück angeflattert, denn Menschen essen vieles, was auch Spatzen mögen!!

Und die neuste Errungenschaft: Unter einem Baum lag schon wieder ein nacktes Vögelchen - und natürlich päppeln Papa und Sohn auch das wieder auf – was denn sonst?

Zumindest so lang, bis es in die Freiheit entlassen werden kann, diesmal ist es ein kleiner Feldsperling!

Phantasie-Reisen

Wenn ich in die Zimmer unserer Enkelkinder schaue, betrachte ich oft ratlos die Mengen an Spielzeug. Regten früher einheitliche Lego- oder Bausteine die kindliche Phantasie zum gemeinsamen Spielen an, weil sie beliebig und für alles verwendbar waren, sind die perfekt vorgefertigten Spezialteile heute Ursache häufiger Streitereien.

„Ich kann aber den Traktor nicht ohne dieses Teil bauen!"

„Birgit hat mir den Stein weggenommen, aber der gehört zu dem Bausatz, den ich zum Geburtstag bekommen habe!"

Mein Vorschlag. einfach einen anderen zu nutzen, findet wenig Anklang, es muss alles genau so gemacht werden, wie es in der Bauanleitung steht. Großeltern scheinen keine Ahnung von richtigem Spielen zu haben. Das merkt man auch daran, dass sie keine Auskunft zu den gängigen Neuheiten geben können.

Aber ehrlich gesagt: Diesbezüglich geben wir uns keine besondere Mühe und bieten stattdessen Phantasie-Reisen an.

Alle können mitmachen, sie müssen z.B. die Augen schließen und gut zuhören. Jemand beginnt zu erzählen, wohin er gefahren ist

----

oder was er oder sie gern mal machen möchte. Nach einer Weile hört er oder sie auf zu reden und jemand anders erzählt die Geschichte weiter. Wieder der nächste schmückt sie nach eigenen Vorstellungen aus. Auf diese Weise waren wir schon in einer Bärenhöhle, in fernen Ländern oder in der Behausung eines Seeräubers. Sogar mit den heiligen drei Königen waren wir schon unterwegs und wir sind auf einem großen Segelschiff gefahren.

Die Geschichten sind entweder spannend und geheimnisvoll oder sie werden immer lustiger. Vorteil: man braucht keinen CD-Player und man kann sich (wenn Großeltern dabei sind) bei jemand ankuscheln, wenn es sehr aufregend wird. Nachteil: Diese Geschichten lassen sich nicht wiederholen, niemand bekommt sie nochmal zusammen. Man muss immer neue erfinden.

Ein andermal nehmen wir eine Lupe und ausreichend Proviant mit und streifen durch die Gegend, damit lässt sich so viel entdecken: Würmer und Schnecken, Käfer und Moose, geschäftige Ameisen, Bienen, die Nektar sammeln und Hummeln mit Pelzchen. Staubgefäße in Blütenkelchen, prall gefüllte Ähren.

Aber es geht auch ohne Lupe: Vogelstimmen, Geräusche raten, huschende Kleintiere beobachten, Schnecken die sich mit ihren Fühlern orientieren oder sonderbare Steine betrachten.

Im Sommer oder Herbst kann man Essbares sammeln, gleich gemeinsam verschmausen oder später zubereiten: Beeren, Pilze , Pflanzen, Wurzeln. Viele Großeltern kennen sich damit noch aus und geben so – neben dem Spaß – auch Wissen weiter.

Sehr beliebt sind auch Ausflüge mit unbekanntem Ziel. Dazu braucht man neben Proviant vor allem ein gutes Taschenmesser und eine Rolle Kordel. Wir haben schon kleine Hüttendörfer aus Zweigen mit Grasdächern gebastelt oder Schiffe aus Baumrinde geschnitzt, aus Papier gefaltet und schwimmen lassen.

Besonders geheimnisvoll sind Ausflüge zu alten Burgruinen, in denen man herumklettern darf. Und wenn Opa noch die passenden Rittergeschichten erzählt, ist das sehr anschaulich – und ein bisschen aufregend.

Ist es tatsächlich das Los von Großmüttern zu „schuften, zu schweigen und zu schenken", wie ich irgendwo las?

Nein, es liegt an den Älteren, ob sie das mitmachen oder nicht. Ich finde, sie sollten sich alternativ verhalten - auf ihre Weise!

Alle, die nach dem Ausscheiden aus dem Berufsleben Zeit haben, sollten die Freude an der Natur und das Wissen aus ihrer eigenen Kindheit weitergeben. Und damit Phantasie beflügeln und den Spaß an gemeinsamem Tun und Entdecken wachhalten.

Was die Enkel dazu meinen? Einmal schenkten sie Großvater eine Gartenfackel für ein Räuberpicknick in einer der bekannten Burgruinen. Wenn das keine Bestätigung ist!!

Schokoladeneis

Wir waren zum zweiten Geburtstag unseres Enkels eingeladen. Das Fest verlief vergnüglich, wie alle Kindergeburtstage. Zum Nachtisch hatte sich das Festtagskind Schokoladeneis gewünscht. Während seine Mutter in die Küche gegangen war füllte ich seinen Becher mit Eis und gab ihm einen kleinen Löffel. Doch er wollte den unhandlichen Eis-Portionierer haben. Als ich versuchte, ihm das auszureden, stimmte er unvermittelt ein zorniges Geschrei an. Seine Mutter erschien im Türrahmen, erfasste blitzschnell die Situation und meinte:

„Ach gib ihm den doch, den will er immer haben!"

„Das gibt doch eine Riesenferkelei?", gab ich zu bedenken.

„Nein, nein das kann er schon!"

Nun gut. Ich gab ihm den Portionierer, schwieg und ahnte, was nun kommen würde. Es dauerte keine drei Minuten, da klatschte der Löffel samt umgestürztem Becher und Schokoeis auf den hellen Schafwollteppich.

Mit dem Ausruf „ach Schatzilein" lief die junge Mutter nach Eimer und Lappen und tauchte unter den Tisch ab, um den Teppich zu reinigen. Ich säuberte derweil das klebrige Festtagskind. Plötzlich erschienen die Augen der jungen Mutter über der Tischkante, unsere Blicke begegneten sich.

„Ich weiß genau, was du denkst", sagte sie.

„Und was denke ich?"

„Bei mir hätte er den Löffel nicht bekommen!"

Wir grinsten uns an, sie hatte richtig geraten. Ich hätte liebevoll aber bestimmt darauf bestanden, dass mit einem geeigneten Löffel gegessen wird.

Aber schließlich ging es nicht um meinen Teppich, da ist es wesentlich leichter, sich den ausgefallenen Wünschen eines Zweijährigen zu beugen.

Therapie im Doppelpack

Eine junge Physiotherapeutin hat ein Herz für alte Menschen, die Schwierigkeiten haben, in ihre Praxis zu kommen. Wenn es irgend möglich ist, die Behandlung in deren Wohnung durchzuführen, kommt sie zu ihnen.

Und noch etwas gehört zu ihrem Service: Sie kommt nicht allein, sondern bringt Jimmy mit, einen kleinen Hund afrikanischer Herkunft. Jimmy ist ein richtiger Charmeur, lebhaft, aber auch verständig. Er hört Frauchen aufs Wort, kann sich unbändig und lautstark freuen, wenn es erlaubt ist, spürt aber auch, wenn Ruhe angesagt oder jemand „nicht gut drauf ist."

Oma M. wohnt in einem Reihenhaus, sie und Jimmy verbindet „Liebe auf den ersten Blick." Nach dem Öffnen der Tür erst mal fröhliches Wiedersehensgebell, dann pst, … leise sein. Jimmy setzt sich erwartungsvoll hin und bekommt ein Leckerli – brav!

Danach geht's in den Behandlungsraum im 1. Stock. Jimmy flitzt die Treppe hoch und wartet auf der obersten Stufe mit schief gelegtem Köpfchen, bis auch Oma M. die Treppe bewältigt hat.

Neulich ging es ihr nicht besonders gut und was tat Jimmy? Er erfasste die Situation, wartete an der untersten Treppenstufe und ging dann Stufe für Stufe geduldig an Omas Seite, als wollte er sagen: Ich passe auf dich auf, dir passiert nichts!

Oben angekommen legte er sich wie immer mucksmäuschenstill unter das Therapiebett und schaute Frauchen bei der Arbeit zu.

Wenn die Behandlung beendet ist, gehen alle gemeinsam wieder nach unten, noch ein Leckerli zum Abschied, eine Streicheleinheit und tschüss, bis zum nächsten Mal.

Neuerdings hat Oma M. einen Treppenlift, damit kann sie sicher nach oben gelangen. Und was machen die beiden?

Oma nimmt im Liftstuhl Platz, Fußstütze rausklappen, Jimmy hüpft auf ihren Schoß und ab gehts, langsam und sicher nach oben – toll! Während der Fahrt wird Jimmy gekrault und er leckt Oma die Hand – Psychotherapie von Jimmy und Physiotherapie von Frauchen! Oma M ist glücklich.

Kürzlich erzählte die Therapeutin:

> „Gestern verharrte Jimmy beim Gang durch unseren Garten mit großen Bäumen plötzlich wie angewurzelt auf einer Stelle. Er schnupperte im Gras und war auch durch Rufen nicht zum Weitergehen zu bewegen. Also ging ich zurück und da lag etwas Zartgraues, Wuscheliges. Ich hob es vorsichtig auf, es fühlte sich warm an – vielleicht ein Vogel, aber größer, als solche Jungtiere eigentlich sind?

> Wie kommt denn der hierher, dachte ich, vielleicht ist er beim Gewitter am Nachmittag aus dem Nest gefallen? Ich nahm das kleine Wesen mit in unsere Wohnung, polsterte ein vorhandenes Körbchen weich aus und legte es hinein. Jimmy beobachtete aufmerksam, was geschah.

> Schließlich rief ich die Wildtier-Rettungsstation unserer Kleinstadt an und beschrieb der Dame am Telefon den Findling.

> „Das hört sich nach einem jungen Falken an", sagte meine Gesprächspartnerin. „Ein Nest haben sie ja schon gemacht, sehr gut. Haben sie vielleicht eine Wärmelampe?", fragte sie? – „Na klar, ich bin Physiotherapeuten." – „Sehr gut. Stellen sie die so, dass der Kleine es gemütlich warm hat. In den nächsten zwei Stunden kommt jemand vorbei und holt ihn ab, danke, dass Sie angerufen haben!"

So wurde ein junger Wanderfalke gerettet und als er groß genug war, wieder in die Freiheit entlassen.

Jimmy war sein Lebensretter. Ohne sein behutsames Beschnuppern und die beharrliche Weigerung, auf die Rufe seines Frauchens zu reagieren, hätte niemand gemerkt, dass da ein kleines Tier in Lebensgefahr war.

Deshalb bekam Jimmy beim nächsten Besuch bei Oma M. ein paar Leckerli extra. „Die hat er verdient", sagte sie, „was sein muss, muss sein, gell Jimmy?" - Wuff!

Wie damals

Magda Ebert rennt über ein Wiese, an jeder Hand eines ihrer Enkelkinder. Sie wollen einen Wettlauf mit ihrem Opa machen, der in gespielter Atemlosigkeit hinter ihnen her geschnauft kommt.

Es ist ein strahlender Sommertag. Schwalben segeln durch das Blau des Himmels, Pferde und Kühe grasen auf der Koppel, reglos stehen die Baumwipfel in der Mittagssonne. Enkel und Großeltern bleiben lange an einem Gatter stehen, um die Mutter eines Fohlens ausgiebig zu streicheln.

Im Schatten eines Baumes machen sie Rast. Opa hat eine Decke dabei, Oma das Picknick, das alle genüsslich verschmausen.

„Wie damals, als wir mit unseren Kindern durch Wälder und Wiesen strolchten", denkt Magda Ebert.

Nach dem Essen rennen Bärbel und Thorsten durchs hohe Gras, machen Purzelbäume, rutschen eine kleine Böschung runter und kommen mit grünen Hosenböden zurück.

Großvater schlägt den Bau eines Wasserrades am nahen Bach vor, das war schon zur Zeit unserer eigenen Kinder seine Spezialität.

Während er sich mit Thorsten an die Arbeit macht, pflückt Bärbel einen Strauß Blumen. Plötzlich bricht mit einem donnernden Knall ein Düsenjäger durch die Schallmauer. Mit wenigen Schritten sucht Bärbel Schutz in Omas Armen.

„Gefahr?", fragen die Kinderaugen „Ist schon gut", sagt Frau Ebert, „das war nur ein Flugzeug." Bärbel lauscht noch eine Weile, dann legt sie den etwas lädierten Blumenstrauß in Omas Schoss und sagt: „Der ist für dich!"

Gerührt drückt diese die Kleine an sich, und denkt:

„Dreißig Jahre ist es her, seit wir mit unseren eigenen Kindern unterwegs waren, aber was hat sich geändert in meiner Einstellung zu Kindern? Ruhiger bin ich geworden, geduldiger und sicher auch langsamer. Aber sonst?

Als Großeltern haben wir nicht mehr die volle Sorge wie für eigene Kinder, aber wir fühlen uns ebenso verantwortlich für unsere Enkel. Das Gefühl ist ein bisschen anders, aber genauso innig, sie gehören einfach zu uns und wir zu ihnen!"

Und dann klettern Bärbel und sie Hand in Hand vorsichtig die Böschung hinunter zum Bach, um das Kunstwerk der beiden „Männer" zu begutachten.

Erlebnisse und Ereignisse,
bunt gemischt

Manchmal erhellt sich das Leben,
wie der Nebel unter einem Windstoß
eine Lichtung freigibt.

Menschen begegnen sich,
in Gesprächen oder einem Lächeln;
sie helfen sich, eine Last zu tragen,
begleiten Krisenzeiten im Gebet,
beschenken sich mit Winzigkeiten,
danken einander mit Blumen
und gehen dann wieder ihrer eigenen Wege.

Oft sind es die kleinen Zeichen oder Gesten,
die das Leben hell machen.
Sie schenken die Gewissheit,
dass hinter jeder Nebelwand,
egal wie undurchdringlich sie wirkt,
die Sonne scheint.

Ein brauner Briefumschlag

Lutz Faber, der Postbote, streift die Schneeflocken von seiner Uniform und schellt. „Aha, der Weihnachtsmann", sagt Frau Heller nach dem Öffnen lächelnd. – „Ein Einschreibebrief!"

Nachdem sie die nötige Unterschrift geleistet hat, schaut sie flüchtig auf den Absender, der Name ist ihr fremd.

„Schöne Weihnachten, falls wir uns nicht mehr sehen, Frau Heller", sagt Lutz Faber „und viele Grüße an Kathi."

„Ja, danke, auch Ihnen und ihrer Familie ein frohes Fest."

Im Wohnzimmer öffnet sie den braunen Geschäftsumschlag.

Er enthält ein schmales, in Weihnachtspapier gewickeltes Päckchen, dazu einen handgeschriebenen Brief auf erlesenem Papier:

Sehr verehrte, liebe Frau Heller!

Ihr Töchterchen hat mir vor Monaten einen großen Dienst erwiesen. Als ich damals die Rede auf einen Finderlohn brachte, erwiderten Sie ohne Umschweife: „Aber ich bitte Sie, das ist doch selbstverständlich, sie schulden uns nichts."

Sie ahnen nicht, liebe Frau Heller, wie kostbar und selten eine solche Einstellung ist. Ich, als Geschäftsmann, hatte den Glauben an Uneigennützigkeit vollkommen verloren.

Bitte weisen Sie das beigefügte Geschenk nicht zurück. Es ist ohnehin wenig, gemessen an dem, was Kathi mir zurückgebracht hat. Doch der Glaube an Selbstlosigkeit, den Sie mir zurückschenkten, ist viel mehr wert als ein paar Scheine. Ich dagegen kann Ihnen nur geben, was mir leichtfällt und ich hoffe darauf, dass Sie mich verstehen.

Ich wünsche Ihnen und Kathi die Freude und den Frieden des Weihnachtsfestes und bin voll Dankbarkeit Ihr O.E.

Behutsam öffnet Frau Heller das kleine Päckchen, es enthält ein Sparbuch auf Kathis Namen, doch als sie die Summe sieht, stockt ihr der Atem und sie muss sich erst mal hinsetzen.

Gleichzeitig fällt ihr Blick auf einen kuscheligen, roten Glückskäfer mit schwarzen Punkten, der vor ihr auf dem Tisch liegt, Kathis Lieblingsspielzeug. Und während es in ihrer Kehle eng wird, erinnert sie sich an jenen Tag im Oktober und diese Geschichte:

Ein strahlender Herbstmorgen. Kathi, fünf Jahre alt, fast sechs, ist unterwegs zu Oma Brügge, die ein paar Straßen weiter wohnt. Mama ist schon auf der Arbeit.

Vergnügt raschelt die Kleine mit den Füßen durch das Herbstlaub. Am Weiher im Park angelangt holt sie eine Scheibe Brot aus der Tasche ihrer Jacke, wirft es zerkrümelt ins Wasser und schaut aufmerksam zu, wie sich die Enten um das Futter streiten.

„Tschüss ihr Enten", ruft Kathi und als sie im Weitergehen an einer Parkbank vorbeikommt, bleibt sie wie angewurzelt stehen. Unter der Bank liegt, halb von Laub verdeckt, ein großer brauner Briefumschlag. Kathi hebt ihn auf, schaut sich um, niemand weit und breit. Vorsichtig wendet sie ihn nach allen Seiten.

„Hat einer vergessen", murmelt sie halblaut vor sich hin, „ach, sicher für den Lutz?" Lutz Faber ist der Briefträger, der ihr immer mit einem Auge zuzwinkert und dem sie manchmal helfen darf, Briefe in die Kästen zu stecken.

Kathi nimmt den braunen Umschlag unter den Arm und hüpft weiter. Als sie in die Allee-Straße einbiegt, kommt Lutz gerade aus einem Haus - wie gerufen.

„Lutz, ich hab' einen Brief für dich", ruft Kathi und wedelt mit dem Umschlag. Der Postbote kommt mit dem Fahrrad heran. „Woher hast du ihn denn?" – „Hab' ich gefunden."

Herr Faber dreht dem Umschlag nach allen Seiten, er ist unverschlossen und ohne Anschrift. Vorsichtig schaut er hinein und dann werden seine Augen ganz groß.

„Wo hast Du den her?" – „Unter der Bank da drüben, bei den Enten, am Weiher, da hat er gelegen." Ihr Fingerchen zeigt in die Richtung und Lutz schaut sie nachdenklich an.

„Kathi, wir müssen mal zusammen auf die Polizei gehen, das ist ein ganz, ganz wichtiger Brief!" – „Aber warum denn, steck ihn doch einfach bei den Leuten in den Kasten!"

„Nein, das geht nicht, es steht ja nicht drauf, wer ihn bekommen soll. Komm, setz dich auf meinen Sattel, ich schiebe Dich, es ist ja nicht weit bis zur Polizei." - „Au ja, Rad fahren ist toll!"

Auf dem Polizeirevier stehen viele Männer aufgeregt um den Postboten herum. Sie fragen und fragen: „Wo haben sie den gefunden, wann, wieso - und immer wieder dasselbe!"

„Ich muss doch zu Oma Brügge, die wartet auf mich", sagt Kathi eindringlich, „ich soll schnell gehen, hat die Mami gesagt!"

„Ja, schon gut, wir müssen erst noch ein Protokoll aufnehmen!"

„Wo wohnst Du?", fragt ein Beamter Kathi. „Bei der Mami!"

Lutz Faber schaltet sich ein: Sie heißt Katharina Heller, wohnt Weberstr. 12. Die Mutter heißt Anette, der Vater ist gestorben. Alles wird notiert, endlich dürfen sie gehen.

„Kathi, das war richtig gut, dass Du mir den Brief gebracht hast. Komm, jetzt schiebe ich Dich ganz schnell zu Oma Brügge!"

Zwei Tage später erschien ein älterer Herr bei der erstaunten Frau Heller, um den Finderlohn zu bringen. Der verlorene Umschlag war ihm - auf seine Verlustanzeige hin - von der Polizei zurückgegeben worden war. Er sei ihm bei einer Rast, zwischen zwei anstrengenden Sitzungen, aus der Mappe und unter die Bank gerutscht und es sei eine große Summe in Wertpapieren drin gewesen.

Und auf Frau Hellers „Sie schulden uns nichts" bat der Herr, wenigstens mit Kathi in ein Spielwarengeschäft gehen zu dürfen, um dort mit ihr ein Geschenk für sie auszusuchen.

Kathis Wahl war auf den roten Plüschkäfer gefallen, in seinem Inneren steckt eine Spieluhr. Seitdem erklang in Hellers Wohnung jeden Abend vor dem Schlafengehen und jeden Morgen zum Frühstück: „Weißt du wieviel Sternlein stehen …!"

Einander ein Dach sein

Klaus und Larissa Hörmann freuen sich von Herzen. Ihre vierjährige Barbara soll bald ein Geschwisterchen bekommen.

„Hauptsache gesund" entgegnen die jungen Eltern, wenn jemand fragt, ob es ein Junge oder ein Mädchen sein soll.

Es wurde ein Junge: umgehend erhielten Verwandte und Bekannte die freudige Nachricht.

Als Klaus Hörmann drei Tage nach der Entbindung ins Krankenhaus kommt, liegt seine Frau mit verweinten Augen völlig erschöpft in den Kissen.

„Was ist?", fragt er erschrocken und beugt sich liebevoll über sie.

„Unser Kind ist vielleicht behindert!", antwortet sie schluchzend. Peter stockt der Atem.

„Behindert?", fragt er tonlos, „wer sagt das?"

„Die Ärzte vermuten eine Hirnschädigung!" Klaus stöhnt und nimmt seine Frau fest in die Arme. Lange sitzt er wortlos neben ihr und hält ihre Hand, beide sind verzweifelt.

Die Gedanken jagen sich. Ein Irrtum … was werden die Leute sagen … wie soll das gehen …?

Eine Woche später liegt Daniel in seinem eigenen Bettchen zu Hause. Die Untersuchung eines zugezogenen Spezialisten hat die erste Diagnose bestätigt. Er ist körperlich ein kräftiges Kind, aber die Hirnschädigung werde sich lebenslang auswirken, hieß es.

Immer wieder stehen die Eltern an Daniels Bett und betrachten ängstlich das winzige Gesichtchen. Beide hoffen insgeheim auf ein Wunder. Behutsam wird die kleine Schwester auf die Krankheit vorbereitet, auch für sie wird sich vieles verändern.

Freunde und Verwandte lassen sich nur noch selten sehen, sie sind ratlos und unsicher wie die meisten Menschen in einer solchen Situation. Wenn Klaus Hörmann abends nach Hause kommt, ist er oft einsilbig und zieht sich bald zurück.

Larissa plagt sich mit Selbstvorwürfen. „Habe ich etwas falsch gemacht während der Schwangerschaft, etwas versäumt?" Sie wagt kaum, diesen Gedanken nachzugehen.

Eines Abends, als Daniel wie oft aus vollem Hals schreit, reißt Klaus seine Jacke vom Haken und stürmt mit dem Ausruf „ich halte das nicht mehr aus" aus dem Haus. Krachend flieg hinter ihm die Tür ins Schloss. Larissa steht da, den schreienden Daniel im Arm. Ihr stockt der Atem und sie denkt: „Das ist das Ende!"

Es ist schon spät, Barbara schläft friedlich im Kinderzimmer. Fast mechanisch zieht Larissa Daniel ein warmes Jäckchen an und legt ihn in den Kinderwagen. Dann greift sie nach ihrem eigenen Mantel und verlässt das Haus. Schon nach einer kurzen Strecke hört Daniel auf zu schreien und schläft ein.

„Weg, nur weg", denkt Larissa, „nichts hören, nichts sehen, nicht mehr denken müssen!"

„Hast du nicht selbst oft gedacht, ich halte das nicht aus", sagt ihre innere Stimme, „nur laut gesagt hast Du es nicht. Wie oft wolltest du schon davonlaufen?"

Ja, denkt Larissa, aber wieso bei Daniel und nicht bei Barbara, sie hat genauso viel geschrien, als sie noch klein war. Weshalb bin ich jetzt so ungeduldig?

In Gedanken sieht sie ihren Mann vor sich, wie er abends müde von der Arbeit heimkommt. Schmal ist er geworden in den letzten Wochen, und ernst, denkt sie. Jeden Morgen muss er pünktlich zur Arbeit, den ganzen Tag wird volle Konzentration von ihm

----

verlangt. Daniels Krankheit ist auf für ihn ein schwerer Schlag. Langsam ordnen sich ihre Gedanken. „Was hat es für einen Sinn, wenn wir uns gegenseitig zermürben oder Vorwürfe machen?"

„In guten und in schweren Tagen… und die Kinder, die Gott euch schenken wird, aus seiner Hand annehmen." Ja, das hatten sie bei ihrer Trauung versprochen. Bisher war das gemeinsame Leben ein Spaziergang gewesen, nun war der Ernstfall eingetreten.

„Wir lieben uns doch ebenso wie vorher", hört sie sich halblaut selbst sagen und ihr wird bewusst: Dies ist nicht das Ende, sondern der Anfang eines langen, schweren Weges – für sie beide.

Entschlossen dreht sie den Kinderwagen in die entgegengesetzte Richtung und geht zurück. Als sie in den Weg zum Haus einbiegt, kommt ihr Klaus entgegengerannt:

„Larissa", ruft er und nimmt sie atemlos in die Arme, „ich hatte solche Angst um – euch! Verzeih, ich habe einfach die Nerven verloren. Wir können doch beide nichts dafür und Daniel schon gar nicht!" Lange stehen sie eng umschlungen.

„Weißt du", sagt Larissa endlich, „der Frühling unserer Liebe ist vorbei. Jetzt ist Sommer und Alltag. Und im Sommer kann es doch auch mal ein Gewitter geben, oder?"

„Stimmt", sagt Klaus und lächelt, „weißt du, was man da tut? Man stellt sich unter, einer beim anderen." Larissa spürt wie in ihr Tränen aufsteigen. „Ja", flüstert sie, „lass uns füreinander und für unsere Kinder ein schützendes Dach sein, wir werden es noch oft brauchen!"

Klaus nickt schweigend und Arm in Arm gehen sie zusammen mit ihrem kleinen Daniel zurück in ihr gemeinsames Leben.

Endlich frei sein

Petra, gutaussehend, zwanzig Jahre alt, hat ihre Ausbildung beendet und eine feste Anstellung gefunden. Endlich eigenes Geld!

„Wo wohnst du denn?", fragt eine frühere Klassenkameradin,
„doch nicht etwa bei deinen Eltern?"- „Doch!"

„Und wie geht das?"

„Na ja, immer das Übliche: „Wann kommst du, räum' das auf, sei
nicht so unfreundlich, dreh' die Musik leiser, könntest du mal ...
und dann auch noch der Zirkus mit dem Geld!"

Einige Tage später ist es mal wieder so weit. Nach einer wortrei-
chen Auseinandersetzung mit der Mutter wirft Petra so neben-
bei ein: „Ich kann ja ausziehen!"

Doch diesmal blickt ihre Mutter nicht betroffen oder entsetzt.

„Wann?" antwortet sie ruhig. „Du hast deine Ausbildung fertig,
nun kannst du auf eigenen Füßen stehen!"

Und Petra merkt: Das ist durchaus ernst gemeint.

Wochen vergehen. Petra sucht und findet eine Wohnung und
zieht zusammen mit ihrem Freund Volker dort ein.

Er ist so alt wie sie, die beiden lieben sich, nur ist er noch nicht
fertig mit seinem Studium. Schließlich sind beide volljährig ... und
er hat auch so ‚pingelige' Eltern wie sie, denkt sie!

Von Zeit zu Zeit kommt Petra zu Besuch, meist in Eile. Doch diesmal sitzt sie ungewöhnlich lang und schweigsam im Wohnzimmer. Ihre Mutter schaut sie aufmerksam an. Nach einer Weile
fragt sie: „Petra, hast du Kummer?"

Es ist der Ton, den Petra nie leiden konnte. Der Ton, in dem sie
immer fragt, wenn sie sich Sorgen macht. Aber diesmal tut ihr

diese Frage irgendwie gut. Noch zwei, drei Minuten Schweigen, dann liegt Petra in Mutters Arm und weint.

„Ach weißt du", bricht es aus ihr heraus, „alles schmeißt er einfach hin, lässt es fallen, wo er gerade sitzt oder steht. Und wenn ich mal frage ‚wann kommst du' oder ‚wo warst du' dann heißt es sofort: Hat hier jeder seine Freiheit oder nicht?"

„Aber was hat das mit Freiheit zu tun, verdammt noch mal, ich frage ja nur, weil es mich wirklich interessiert oder wegen dem Essen!" Ratlos schaut Petra ihre Mutter an. Um deren Mund spielt ein Lächeln. Wie sie das alles kennt! Aber sie schweigt.

„Ach Mutti", kommt es etwas kleinlaut, „ich weiß, ich habe das früher auch manchmal gesagt. Aber was soll ich denn jetzt machen? Er geht mir so auf den Geist", schluchzt Petra.

„Und wenn ich mit ihm reden will, dann will er nicht. Oder er ist einfach aggressiv oder muffig, gar nicht so wie sonst immer!"

Kein Zweifel: Petra ist auf dem Weg, erwachsen zu werden!

Ganz in weiß

Eine Großstadt erwacht früh – normalerweise. Die Bewohner können die Uhrzeit in etwa an den vertrauten Geräuschen von draußen erkennen. Aber als heute der neue Tag durch den Rollladen blinzelt, denke ich: Es ist doch nicht Sonntag? Wieso ist es so still?

Ich stehe auf, schaue hinaus: Schnee! Straßen, Bäume und Dächer, alles weiß. Die geparkten Autos tragen weiße Mützen, Pfosten lustige Käppchen, Büsche einen weißen Umhang. Rasch bin ich draußen, denn ich mag Schnee. Außerdem habe ich die Gehwege freizuräumen.

Aber ehe ich zur Schaufel greife, betrachte ich schmunzelnd die vielen Spuren: Kleine Katzenpfoten rund ums Haus, immer schön an der Wand entlang, wo der Schnee nicht so dick ist. Eine hat offensichtlich auf der geschützten Strohmatte vor der Haustür eine Siesta gehalten, Vogelspuren rund um den Futterplatz.

Die Autos schleichen kaum hörbar vorüber, die weiße Pracht verschluckt ihre Geräusche wie ein dicker Teppich. Kinder, auf dem Weg zur Schule, haben schneeballwerfend ihren Spaß, ich sehe nur lachende Gesichter.

Natürlich kann man zu lamentieren anfangen: Es wird Verkehrsstaus und Unfälle geben, ganz zu schweigen von dem nachfolgenden Matsch, aber man kann Schnee auch positiv sehen: Der Frost wird das Ungeziefer dezimieren, der Schnee ist wie eine wärmende Decke für die keimende Natur und das Schmelzwasser ein gute Grundlage für das nächste Frühjahr.

Und die verwöhnten Großstädter? Viele lassen ihren fahrbaren Untersatz sicherheitshalber zu Hause und fahren mit öffentlichen Verkehrsmitteln. Das ist einfacher, denn Parkplätze findet man bei Schnee noch weniger, als sonst schon.

Eine Nachbarin, ebenfalls mit Schneeräum-Frühgymnastik beschäftigt, ruft lachend herüber: „Ist das nicht toll?" Dabei wirft sie eine und gleich noch eine Schaufel Pulverschnee in die Luft und verwandelt sich selbst in einen lachenden Schneemann. Ja, es ist wunderschön und ich tue es ihr nach. Erwachsene können sich über Schnee freuen, wie kleine Kinder!

Helfen ist eigentlich ganz einfach

Eine belebte Großstadtstraße. Ich schlendere zwischen den Menschen entlang und genieße es, heute keine Eile zu haben. Plötzlich stutze ich. In der hintersten Ecke einer Schaufenster Passage steht ein kleiner, etwa vierjähriger Junge. „Er ist noch so klein", geht es mir durch den Sinn.

„Wartest du auf die Mama", frage ich ihn, nachdem ich bei ihm angelangt bin und hocke mich zu ihm nieder. Ängstlich und schweigend betrachten mich zwei hellblaue Kinderaugen.

„Wo ist denn die Mami?", versuche ich es erneut. Wieder keine Antwort, aber diesmal füllen sich die Augen mit Tränen. Suchend schaue ich mich um, aber weit und breit ist niemand zu sehen, der zu dem Kleinen gehören könnte.

„Wie heißt Du denn?"

„Robert", kommt es schluchzend zurück und während ich noch ratlos neben ihm hocke, zieht er plötzlich aus seiner Hosentasche ein gelbes Rennauto und zeigt es mir.

Gemeinsam lassen wir es eine Weile auf dem gefliesten Boden hin und her fahren, die Tränen versiegen. Dabei erzählt er irgendwas vom Papa und der Eisenbahn, aber ich kann mir keinen Reim drauf machen. Nach etwa 10 Minuten frage ich:

„Robert, wollen wir zusammen deine Mama suchen?"

Er nickt intensiv. Wir bugsieren das Rennauto in sein Täschchen zurück und die kleine Kinderhand legt sich vertrauensvoll in meine. Zum nächsten Polizeirevier ist es ein gutes Stück, aber der Junge marschiert furchtlos mit mir durch das Gedränge.

Auf der Wache angekommen liegt bereits eine Suchmeldung der Mutter vor. Doch als der Beamte den Jungen in Obhut nehmen will, hält er eisern meine Hand fest.

„Robert", sage ich während ich mich wieder zu ihm niederhocke wie bei unserer ersten Begegnung, „soll dich der Polizist zur Mami bringen?" Ein zögerndes Nicken.

„Dann darfst du mit dem Polizeiauto zu ihr hinfahren und ich gehe einkaufen?" Langsam löste ich die kleine Hand aus meiner.

„Wiedersehen Robert", sage ich „und pass gut auf dein Rennauto auf." Er streicht mit seinem Händchen durch mein Gesicht und sagt: „Du bist lieb!", dann geht er mit dem Beamten davon.

„Helfen ist manchmal ganz einfach", denke ich abends, vor dem Einschlafen und bin richtig dankbar, Robert gefunden zu haben.

Ist mir doch egal

Mein täglicher Weg zur Arbeit führt ein gutes Stück weit durch die Stadtanlagen. Endlich ist der Winter vorbei, die Beete mit Frühlingsblumen leuchten in der Sonne, es duftet nach feuchter Erde. Im unbewegten Wasser des Weihers spiegeln sich die Bäume, ein paar Wildenten ziehen ihre Bahn.

Die vorösterliche Zeit ist irgendwie friedlich. In dieser Stimmung überquere ich an einer Ampel die Fahrbahn, ab da führt mein Weg durch die Innenstadt. Als ich am großen Brunnen vorbeikomme, sitzt auf dessen Stufen ein langaufgeschossener Teenager: Blass, übernächtigt und mit leuchtendrotem Haarschopf. Aufmerksam sehe ich hinüber, sein Blick ist müde und apathisch.

Ich gehe weiter, doch während des Tages kommt mir der Blick dieses Jungen immer mal wieder in den Sinn.

Anderntags halte ich bewusst nach ihm Ausschau – dasselbe Bild. Freitags sage ich „Guten Morgen", es kommt keine Antwort.

Als ich Montag wieder vorbeikomme, steht der Junge aufrecht an eine Mauer gelehnt. Hat er auf mich gewartet?

„Guten Morgen", sage ich.

„Warum grüßen Sie mich?", kommt zurück.

„Wir sehen uns doch jeden Tag, warum soll ich da nicht grüßen?"

„Haben Sie eine Zigarette?", fragt er zaghaft.

„Ich bin Nichtraucherin. Höchstens könnte ich mein Frühstücksbrot mit Ihnen teilen?" Scheu schaut er zu seinen etwas entfernt stehenden Kameraden hinüber, „von mir aus!"

Ich hole ein Brot und einen Apfel aus der Tasche und gebe sie ihm, beides verschwindet blitzschnell unter seiner Lederjacke.

„Wiedersehen", sage ich. „Sie können ruhig du zu mir sagen, ich heiße Chris!", antwortet er.

Von da an schmiere ich jeden Morgen zwei Frühstücksbrote und täglich werde ich erwartet. Ich erfahre, dass Chris 19 Jahre alt ist, irgendwo übernachtet und von irgendwas lebt. Er bezeichnet sich als Aussteiger. Ich frage nicht viel, höre einfach zu, was er in ziemlich negativem Tonfall erzählt.

Eines Tages fragt Chris: „Wo ist eigentlich Ihre Arbeitsstelle?"

Ich erkläre es ihm und sage: „Falls Du mich mal abholen willst, ich benutze immer den Seitenausgang, so gegen halb fünf, ich würde mich freuen!"

Chris wartet nicht jeden Tag vor der Tür auf mich, aber oft. Einige Kolleginnen lästern schon über meinen „neuen Typ", mir ist das egal. Chris begleitet mich durch die Anlagen bis zu meinem Bus. Irgendwie mag ich diesen Jungen, trotz seines Aussehens. Einmal frage ich, ob ich ihn zu einer Pizza einladen darf. Er nickt, wir suchen uns in einem Lokal einen Tisch und mit Heißhunger verspeist er eine Riesenpizza mit Cola.

Zu Beginn der Osterwoche sage ich: „Chris, diese Woche ist Ostern", − „ist mir doch egal!", kommt trotzig zurück.

„Ja, aber für mich ist Ostern ein Fest. Wir werden uns danach nicht sehen, ich habe eine Woche Urlaub!"

„Was solls", antwortet er leichthin und schaut angestrengt in die Ferne.

Gründonnerstag: Er holt mich vor dem Büro ab, es ist herrlich warm. Ich habe für ihn ein Osterpäckchen in der Tasche, extra in unauffälliges Papier gewickelt. Ob er es zurückweisen wird? Wir sitzen eine Weile auf einer Bank in der Anlage.

„Chris, das ist für dich, weil wir uns in den nächsten Tagen nicht sehen", sage ich und gebe ihm das Päckchen. - „Danke!"

Dann greift er vorsichtig in seine Brusttasche, streckt mir seine Hand verschlossen entgegen und seine Augen fordern mich auf, meine Hand zu öffnen - ein winziges rotes Osterei gleitet hinein.

„Hab' ich geschenkt bekommen", sagt er etwas gepresst.

„Dankeschön, ich bewahre es bis Ostern auf. Also dann: Bis in einer Woche!" Wir geben uns die Hand.

Als mein Bus abfährt, sehe ich ihn draußen stehen mit seinem feuerroten Haarschopf. In meiner Manteltasche fühle ich das kleine rote Osterei und höre ihn sagen: Ist mir doch egal und ich denke: Ostern ist das Fest der Auferstehung – für alle!!

Einkäufe für den Kindergeburtstag

Gerda Schreiber ist auf dem Weg zu Besorgungen, er führt durch einen kleinen Park. Sie weiß selbst nicht, wie es passierte. Plötzlich knackt sie mit dem Fuß um und kann kaum noch auftreten. „Das hat gerade noch gefehlt", denkt sie, „in einigen Tagen ist der sechste Geburtstag unseres Jüngsten. Fünf Kinder hat er eingeladen, zusammen mit unseren eigenen sind das acht."

Notgedrungen setzt sie sich an einem Baumstamm nieder und als die Schmerzen zunehmen, legt sie sich einfach ins Gras. Ihr ist richtig flau. Plötzlich sieht sie neben sich ein Paar braungebrannte Beinchen, die in weißen Sandalen stecken.

Sie gehören einem kleinen Mädel, das mit dunklen Augen interessiert auf sie heruntersieht.

„Was is'n?", fragt sie mit heller Stimme, „ihnen tut was weh, gell?"– „Ja, ich hab' mir den Fuß verstaucht!"

„Au weia", sagt das Kind, nachdem es den Schaden gemustert hat, „der Fuß ist ganz dick!"

„Wohnst du hier in der Nähe?"

„Ja, da drüben!" Sie deutet auf eine etwas entfernt stehende Häusergruppe. „Soll ich was für Sie machen?"

„Ist die Mutti zu Hause?", fragt Frau Schreiber.

„Nee, die ist im Krankenhaus, deshalb gehe ich ja einkaufen."

„Kannst du mal da drüben in einen Laden gehen und sagen, hier wäre jemand verletzt? Oder warte mal, ich schreib' dir einen Zettel." Die Kleine schaut aufmerksam zu, bis sie einen Zettel aus ihrer Tasche gekramt und beschrieben hat.

Dann flitzt sie im Eiltempo davon und schwingt dabei ihren leeren Einkaufsbeutel wie einen Propeller um den Kopf.

Frau Schreiber zieht mühsam den Schuh aus, jetzt ist ihr richtig schlecht und sie ist froh, als die Kleine wieder zurückkommt.

„Der Mann im Laden hat gleich telefoniert", berichtet sie ein bisschen außer Puste. „Und das hier hab' ich Ihnen mitgebracht, das macht die Mutti auch immer!"

Fürsorglich legt sie ihr eigenes Taschentuch auf den Knöchel, sie hat es am nahen Weiher ins Wasser getaucht.

„Ah, das tut richtig gut", sagt Frau Schreiber dankbar.

„Wie heißt du denn eigentlich?" - „Anja Kleefeld."

„Ach Anja, was bin ich froh, dass du mich hier gefunden hast!" Frau Schreiber ist ganz gerührt und streichelt dankbar über das braune Beinchen der kleinen Samariterin.

„Ich bleib ein bisschen bei Ihnen", erwidert sie und setzt sich ganz selbstverständlich neben ihr ins Gras.

„Ist es schon besser?", fragt sie nach einer Weile teilnahmsvoll, „wissen Sie, meine Mutti ist doch auch so krank."

„Anja, schreibst du mir mal auf, wo du wohnst?", fragt Frau Schreiber, als sie in der Ferne das Martinshorn des Rettungswagens hört.

Sie gibt ihr einen Zettel samt Stift und Anja macht sich gewissenhaft an die Arbeit und ist gerade fertig, als die Sanitäter sie auf eine Trage heben.

Anja überreicht Frau Schreiber den Zettel und die gibt ihr das Taschentuch zurück. Ehe sich die Autotür schließt winken sie sich nochmal zu.

Um es kurz zu machen: Frau Schreiber kam mit Gehgips nach Hause, denn die Verletzung war ein Bruch.

Doch der Kindergeburtstag stieg trotzdem - etwas improvisiert und unter der Leitung ihres Mannes, der sich extra frei genommen hatte. Aber dafür mit neun, statt mit acht Kindern, denn natürlich feierte Anja mit, das hatte Frau Schreiber Anjas Vater vorgeschlagen!

Und in den kommenden Wochen kann er immer in Ruhe seine Frau in der Klinik besuchen, während Anja so lange mit einem der Schreiber-Kinder spielt.

Macht doch die Fenster auf

Draußen Junisonne. Eine sattgrüne Wiese, begrenzt von einem verklinkerten Gebäude, das über und über mit Kletterrosen berankt ist, viele zartrosa Blüten wiegen sich im Sommerwind.

In einem Tagungsraum sitzen im großen Geviert viele Frauen und lauschen den Ausführungen eines Theologen, der über Gott, Leid und Verantwortung, Weg und Ziel referiert. Klug gesetzte Worte, fundiertes Wissen, mit Überzeugungskraft vorgetragen.

Plötzlich steht eine Teilnehmerin unvermittelt auf und öffnet mit energischem Zugriff zwei Fenster. Kühle Luft strömt herein, umfächelt die Gesichter, ein Aufatmen geht durch die Reihen. Erst jetzt wird allen bewusst, wie stickig die Luft war, wie sie das Denken erschwerte und die Konzentration beeinträchtigte.

Und während der Referent seine Rede zu Ende führt, füllt sich der Raum mit dem Duft der Kletterrosen vor den Fenstern.

Von den Ausführungen des Referenten blieb mir wenig in Erinnerung, aber mir ist noch heute, als spüre ich den erlösenden Luftstrom und den Duft der zartrosa Blüten. Und seitdem denke ich oft: Warum lassen wir immer erst dann frische Luft herein, wenn wir kaum noch atmen können?

Was kann die ganze Theorie dem Gottesbeweis einer einzigen Rosenblüte und ihrem Duft hinzufügen? Wie oft reden wir von Freiheit, schließen aber ängstlich die Fenster und lassen tatenlos zu, dass es in der Kirche, ihren Gemeinden und Gremien kleinkariert und nicht immer sehr freundlich zugeht?

Nein, der Geist Gottes ist kein wohltemperiertes Säuseln, er weht wo und wie er will - haben wir Angst, uns zu erkälten?

Möchtest du tauschen?

Missmutig schaut Frau Weigel aus dem Fenster ihrer Wohnung auf das gegenüberliegende Grundstück. Dort wurde im letzten Jahr ein hübsches Einfamilienhaus gebaut. Gerade steigt die Besitzerin gut gekleidet in ihren Wagen und fährt davon. Hinter ihr schließt sich automatisch das Garagentor.

Frau Weigel schließt hörbar das Fenster, irgendwie ist sie sauer - schon seit Tagen.

„So gut möchte ich es auch mal haben", denkt sie, „Haus mit Garten, ein eigenes Auto, keine Kinder!"

Alles nervt sie im Augenblick. Immer dieser Alltagstrott.

Die Schulnoten ihres Sohnes lassen zu wünschen übrig, ihr Mann kommt oft missmutig oder einsilbig von der Arbeit und außerdem ist die Wohnung für drei Kinder zu eng, findet sie.

Und Bekannte, wenn man die reden hört: Superkinder, Supereinkommen, Superurlaub. Selbst das Wetter ist nicht so, wie es um diese Jahreszeit sein sollte.

Mit ihrem Haushaltbuch setzt sie sich ins Wohnzimmer, um die Kosten der letzten Woche einzutragen.

„Was ist denn eigentlich los?", fragt ihre innere Stimme.

„So gut wie Frau Lehmann möchte ich es auch mal haben."

„Geht's ihr wirklich so gut?" – „Wieso denn nicht?"

„Kennst Du sie überhaupt, hast du schon mal mit ihr gesprochen?"

„Was soll denn die mit mir anfangen, die hat Besseres zu tun!"

Unwirsch knallt sie den Stift auf den Tisch und klappt das Haushaltsbuch zu. Erst mal den Müll runtertragen und nach Post

----

schauen, denkt sie. Gerade, als sie die neuen Briefe betrachtet, kommt Frau Lehmann zu Fuß zurück.

„Guten Morgen Frau Weigel", sagt sie freundlich, „ich habe sie schon so lang nicht mehr gesehen."

Die Angeredete ist so überrascht, dass sie verlegen erwidert: „Morgen, ich bewundere oft die Blumen in Ihrem Vorgarten!"

„Hinten um die Terrasse herum gibt es noch mehr", erwidert Frau Lehmann und kommt einige Schritte näher. „Da ist die Sonnenseite. Wenn sie Lust haben, kommen sie doch mal rüber auf eine Tasse Kaffee? Vielleicht am Mittwoch um 3 Uhr?"

Als Margret Weigel einige Tage später vom vereinbarten Besuch zurückkehrt, ist sie sehr nachdenklich. Sicher, das Haus und der Garten sind eine Freude. Aber nun weiß sie, dass die Lehmanns bei einem schweren Autounfall ihr einziges Kind verloren haben. Frau Lehmann leidet sehr unter diesem Verlust, hat ständig Kopfschmerzen, verschiedene Behandlungen haben bisher kaum Linderung gebracht. Außerdem ist ihr Mann viel beruflich unterwegs, also ist sie sehr oft allein, das verbessert ihre Situation auch nicht gerade.

„Nun", fragt Frau Weigels innere Stimme vor dem Einschlafen: „Wie wäre es mit einem Tausch?" – „Oh nein, lieber nicht!"

Wenige Tage später bringt ihr Sohn Steffan die dritte fünf in Mathe heim.

„Steffan, schau doch mal den Klaus Steiner an", wendet seine Mutter mühsam beherrscht ein, „der hängt nicht die halbe Woche auf dem Sportplatz rum. Der schreibt eine zwei nach der anderen. Würdest du mehr lernen, sähe die Sache anders aus!"

„Los, mach Dich jetzt an deine Hausaufgaben, wenn ich vom Einkaufen zurückkomme, möchte ich eine einwandfreie Verbesserung in deinem Heft sehen."

Vor dem Weggehen schlichtet sie noch einen Streit zwischen ihren beiden jüngeren Kindern, dann verlässt sie das Haus.

„Tag Frau Weigel, wie geht's Ihnen?", fragt im Laden jemand hinter ihr. Klaus Steiners Mutter schaut sie freundlich an.

„Na ja, man hat so seine Sorgen!"

„Wissen sie", sagt Frau Steiner, „ich freue mich oft über ihren Steffan. Immer ist er munter und vergnügt und obendrein der beste Torhüter der Klasse. Ich wünschte, unser Klaus könnte mehr Sport treiben, aber er hat einen schweren Herzfehler!"

„Kann er gar nicht mitturnen?", fragt Frau Weigel erstaunt.

„Doch schon, aber nur mit erheblichen Einschränkungen. Ein bisschen kicken könnte er schon, aber welcher Junge seines Alters will nur ein bisschen kicken? So hängt er halt den ganzen Tag über den Büchern, wird immer unzufriedener und isst viel zu viel. Aber ich muss jetzt gehen und Sie haben sicher auch noch eine lange Einkaufsliste!"

„Auf Wiedersehen", erwidert Frau Weigel in Gedanken vertieft und ihre innere Stimme fragt:

„Na, wir wäre es, Klaus schreibt doch lauter gute Noten…?"

Als Steffan seiner Mutter nach dem Heimkommen das Heft mit der Verbesserung zeigt, ist sie auffallend ruhig.

„Warum schaut sie mich auf einmal so sonderbar an?", denkt er?

In der nächsten Zeit ist Margret Weigel aufmerksamer. Wenn sie in der Mittagssonne auf dem Balkon sitzt und arbeitet, neben

----

sich die muntere Helga, die mit ihren Puppen spielt, sieht sie drüben Frau Lehmann allein in ihrem Garten werkeln.

Wenn ihr Mann abends pünktlich nach Hause kommt und alle beim Nachtessen durcheinander plappern, sieht sie in Gedanken die Nachbarin allein auf ihrer Terrasse mit den herrlichen Blumen sitzen.

Und als sie einige Wochen später mit ihrer ganzen Familie in Urlaub fährt, winkt Frau Kleiber, eine andere Hausbewohnerin, freundlich aus dem Fenster und wünscht ihnen viel Spaß.

Frau Weigel weiß: Diese versorgt seit Jahren ihre alte Mutter und kann deshalb weder ihren Beruf ausüben noch in Urlaub fahren.

„Wie wär's", sagt die innere Stimme, als das Haus außer Sichtweite ist: „Keine Kinder, keine Sorgen, kein unwirscher Ehemann, keine Urlaubshektik?" - „Ja, ja, ich weiß schon...!"

Margret Weigel denkt viel nach in diesem Urlaub. Selbst bei angestrengtem Überlegen fällt ihr niemand ein, mit dem sie ihr Leben tauschen möchte. Ein paar Teilausschnitte vielleicht: Das Haus, den Garten, die Ruhe, das Einkommen, die klugen Kinder. Aber komplett tauschen – nein, lieber nicht.

„Eigentlich kann ich doch glücklich sein mit meiner Familie, gesunden Kindern und vielfältigen Aufgaben?", denkt sie.

Und wieder meldet sich die innere Stimme: „Kreist Du nicht ein bisschen zu oft um dich und dein Leben? Wie wäre es, du würdest etwas mehr mit anderen teilen? Ob das nicht auch ein Vorbild für eure drei Kinder sein könnte?"

Frau Weigel nimmt sich in diesem Urlaub einiges vor und setzt ihre Vorsätze, kaum zu Hause angekommen, in Taten um.

Sie versorgt für einige Stunden Frau Kleibers alte Mutter, damit deren Tochter endlich mal wieder ohne Zeitdruck zum Friseur gehen und dabei auch ihre Freundin besuchen kann.

Ihre zehnjährige Helga, die so gern einen Garten hätte, hilft Frau Lehmann beim Gießen und Häckeln der Blumenrabatten. Ab und zu spielen beide sogar auf der Wiese miteinander Federball.

Steffan und Klaus Steiner gondeln öfter gemütlich mit dem Fahrrad um die Ecken oder spielen eine Partie Schach. Danach büffeln sie zusammen eine Stunde Mathe.

Frau Lehmann ruft an und fragt, ob sie ihr aus der Stadt etwas mitbringen soll? Und nachdem sie eine Weile beratschlagt haben, beschließen sie, dass Margret Weigel einfach mitfährt.

Plötzlich sieht die Welt viel heller, freundlicher und erfüllter aus.

„Du hast dich in diesem Urlaub richtig gut erholt", sagt ihr Mann abends und sieht seine Frau aufmerksam an.

„Ja,", erwidert sie leichthin, „Luftveränderung tut halt immer gut!"- „Schlaumeier", flüstert ihre innere Stimme, „mal ehrlich: Ist das Leben wirklich einfacher geworden?"

Und Frau Weigel gesteht sich ein: „Ich denke, da war ein bisschen Neid im Spiel. Aber tauschen ist kein Thema mehr, jetzt ist teilen angesagt und das macht sogar Spaß!"

Neue Erkenntnis

Martin klappt die Haustür hinter sich zu, hängt den Daumen in den Riemen seines Rucksacks und geht Richtung Bahn.

Blöd ist die neue Schule, denkt er, früher hat immer Klaus an der Ecke auf mich gewartet, aber der macht jetzt eine Lehre …!"

An der Haltestelle sucht er sein Geld aus der Tasche, ein paar Leute stehen vor dem Automat und ziehen ihren Fahrschein. Jetzt ist Martin dran. Er steckt die Münzen in den Schlitz, drückt den gelben Knopf – es rattert – nichts!

Nanu? Martin drückt den Rückgabeknopf – nichts!

„Wirf nochmal Geld rein", sagt ein Mann.

„Ich habe keins mehr! Mittags holt mich mein Vater mit dem Auto ab." Jemand hämmert mit der Faust gegen den Automat – nichts! Der nächste wirft Geld ein, drückt den Knopf – der Fahrschein kommt! Martin wird zur Seite gedrängt, Leute hasten vorbei. Über dem Automat hängt ein deutliches Schild:

40 € STRAFE FÜR FEHLENDEN FAHRAUSWEIS!

Sechs Stationen bis zur Schule laufen, denkt Martin! Und wie die neuen Klassenkameraden wieder gucken werden.

„Na haste verpennt!" Martin fühlt sich richtig elend und merkt, wie es in seinem Hals enger wird … er schluckt!

„Was is'n mit dir los mit, haste die Bahn verpasst?"

Ein etwa gleichaltriges Mädchen steht vor ihm.

„Nee, ich habe kein Geld mehr!" - „Geld für was?"

„Na für die Bahn. Ich habe es reingeschmissen, aber der Automat hat's einfach verschluckt!

„Und jetzt?" - „Weiß nicht", wieder der Kloß im Hals!"

„In welche Schule mußt'n?" - „Leibnitz-Schule!"

„Ich muss in die andere Richtung. Hier...! Sie drückt ihm die passenden Münzen in die Hand, „probier's nochmal."

Martin steckt sie in den Schlitz, das Mädchen drückt den Knopf, es rattert – der Fahrschein kommt.

„Aber ich kann's dir nicht wiedergeben!"

„Macht nix, tschüss, meine Bahn kommt", ruft sie und rennt zum anderen Bahnsteig.

„Tschüss!" Martin steht da, den Fahrschein in der Hand.

Als er sich umdreht, fährt drüben gerade die Bahn ab.

„Mist, nicht mal danke habe ich gesagt, aber die war Klasse, wo doch Mädchen sonst so doof sind", denkt er.

Nur ein Bilderbrief

An einem Sommertag war ich zum Einkaufen unterwegs.

Plötzlich sah ich eine schwarz gekleidete Frau, die sich an einem Gartenzaun festhielt. Ein kleiner rotbrauner Dackel saß an der Leine brav neben ihr. Da stimmte doch was nicht?

„Kann ich Ihnen helfen?", fragte ich und merkte im gleichen Moment, dass ich Frau Ertel vor mir hatte. Früher besuchten unsere Kinder die gleiche Klasse, wir kannten uns flüchtig, doch sie schaute mich geistesabwesend an.

„Wollen Sie sich vielleicht ein bisschen setzen", ergänzte ich vorsichtig, „dort drüben ist eine Bank. Ich begleite sie gern, ich habe

Zeit." Frau Ertel nickte dankbar und hängte sich bei mir ein, der Hund trottete geduldig neben uns her. Die Bank lag etwas abseits im Schatten einer großen Kastanie und war wie geschaffen, für die notwendige Ruhepause. Lange saßen wir schweigend nebeneinander, schließlich begann Frau Ertel mit müder Stimme zu erzählen: Von der jahrelangen, schweren Erkrankung ihres Mannes und seinem Tod vor einigen Monaten, der aber für sie viel zu plötzlich kam; von ihrer Einsamkeit und Verzweiflung. Dann schwieg sie, während Tränen über ihr Gesicht liefen.

Schließlich meinte sie: „Meine Kinder wohnen weit weg, sie haben ihr eigenes Leben. Das Einzige, was mir noch bleibt, ist mein Hund. Wenn ich ihn nicht hätte, wäre ich längst nicht mehr da!" Liebkosend strich ihre Hand über den Kopf des Tieres, das sie mit treuen Augen anschaute.

Dieser Satz ging mir, als ich wieder zu Hause war, nicht aus dem Sinn. Klang das nicht nach Fluchtgedanken? Doch was konnte ich tun? Frau Ertel hatte mich offensichtlich nicht erkannt und mein Angebot beim Abschied, sie mal zu besuchen oder anzurufen, hatte sie resigniert abgelehnt.

Schließlich kam mir ein Gedanke. Seit vielen Jahren sammle ich aussagekräftige Bilder aus Zeitschriften: Landschaften, Symbole, Stimmungen, Blüten, Kinder, Tiere ... für Bilderbriefe.

In einer ruhigen Stunde setzte ich mich hin und komponierte einen auf Frau Ertels Situation bezogenen Bilderbrief.

Er begann mit kahlen Bäumen, welken Blättern und einem langen, nebligen Weg, Es folgten bereifte Zweige, Eiszapfen und ein erstarrter See; schließlich führte ein Bild zu weit entfernten, verschneiten, aber sonnenüberfluteten Gipfeln. Danach folgte ein sprudelnder Bach mit schmelzenden Eisresten, Schneefelder, aus denen die ersten Krokusse hervorlugten und Frühlingsknospen, kurz vor dem Erblühen. Dann kamen noch Vögel hinzu, die ihre Nester bauen, ein Schmetterling, der durch die Sonne gaukelt und eine Hummel, die in Kirschblüten nach Nektar sucht. Sogar einen Dackel fand ich in meiner Sammlung, auch er bekam einen geeigneten Platz in der Geschichte.

Im Grunde war das Ganze nichts anderes als eine mit Worten sehr sparsam kommentierte Bildererzählung vom Abschied nehmen, von Stimmungen der Trauer bis hin zu vielfältigen Zeichen des Neubeginns und der Hoffnung.

Durfte ich einer Fremden einen solchen Brief schicken? Was soll's? Gefährliche Situationen erfordern phantasievolle Wege, sagte ich mir. Ich suchte Frau Ertels Adresse aus dem Telefonbuch, klebte meinen Absender drauf und schickte den Brief ab.

Doch es kam kein Echo - monatelang. Hatte ich einen Fehler gemacht? Eines Tages sah ich Frau Ertel wieder, ebenso zufällig wie damals. Sofort fiel mir auf, dass sie nicht mehr so teilnahmslos wirkte. Und gerade, als ich das erleichtert feststellte, spürte sie meinen Blick, erkannte mich, kam zögernd näher und drückte meine Hand mit ihren beiden Händen:

„Verzeihen Sie, dass ich mich damals nicht mehr gemeldet habe", sagte sie und schaute mich entschuldigend an. „Ich habe einfach nicht die richtigen Worte gefunden, Ihnen zu danken. Aber jetzt will ich Ihnen sagen, dass ich ihnen sehr, sehr dankbar bin. Ihr Brief war in vielen dunklen Stunden mein Begleiter, bis heute hole ich ihn noch oft hervor!" Sie schwieg bewegt und ihre Augen schimmerten feucht.

„Übrigens" sagte ich, „unsere Kinder waren zusammen in der gleichen Klasse!" Da ging ein Strahlen über ihr Gesicht, sie erinnerte sich und nun hatten wir plötzlich etwas gemeinsam!

Opa Lindemann

Es war in meinen recht mageren Kinderjahren nach dem Krieg. In der Nähe unserer Wohnung gab es einen kleinen Laden, er gehörte Frau Lindemann. Sie war eine resolute, von uns Kindern eher gefürchtete Person. Unsere Mutter ermahnte uns, höflich zu sein, um nicht ihren Unwillen zu erregen, denn sie hatte eine Art Schlüsselstellung bei der Versorgung mit Lebensmitteln.

Eines Tages, als ich wieder mal in der Warteschlange vor dem Laden stand, beobachtete ich Frau Lindemanns alten Vater, alle nannten ihn Opa Lindemann. Er setzte im angrenzenden Garten auf einem frisch angelegten Beet Gemüsepflanzen. Das war nichts Ungewöhnliches, aber wozu legte er ständig eine lange Holzlatte auf das Beet ? Das konnte ich mir nicht erklären.

Deshalb ging ich, nach meinen Einkauf zu ihm und fragte: „Opa Lindemann, was machst du mit der Latte?" - „Da kann ich schön mit pflanzen", erwiderte er ohne aufzusehen.

Komisch dachte ich und beschloss, Mutti beim Mittagessen danach zu fragen.

„Herr Lindemann kann nicht sehen, er ist blind", erklärte sie mir.

„Nein", entgegnete ich, „der sieht ganz bestimmt was, er setzt doch alles ganz gerade?" Doch Mutti schüttelte den Kopf und meinte: „Am besten ist, du fragst ihn mal selbst."

Schon am nächsten Tag stand ich wieder vor Lindemanns Zaun. Ein Beet sah aus wie das andere, die jungen Pflanzen saßen in gerader Linie. Herr Lindemann war nicht zu sehen, aber das Hoftor stand offen. Zögernd ging ich hinein.

Der alte Mann saß auf einem knorrigen Holzstamm, mit dem Rücken an die Wand gelehnt, neben sich den großen Schäferhund Ronko, dessen Kopf er mit einer Hand streichelte.

Ronko bellte nicht, als ich hereinkam, schließlich kannten wir uns, denn ich streichelte ihn oft durch den Zaun.

Als ich vorsichtig näherkam, sagte Herr Lindemann mit geschlossenen Augen: „Na, mein Kind, was willst du denn?"

„Bist du müde?", fragte ich.

„Ach nein, ich ruhe nur ein bisschen aus, die Wand ist so schön warm von der Sonne."

„Und was machst du hier?", fragte er. „Ich möchte was fragen."

„Nur zu", erwiderte er freundlich und rückte etwas zur Seite. „Komm, setz' dich hier zu mir."

„Die Mutti sagt, du kannst nicht sehen?"

„Ach doch", erwiderte er und lächelte, „aber ich sehe mit den Händen, das geht auch!" - „Und mit den Augen?", fragte ich.

„Das konnte ich früher mal, jetzt nicht mehr. Aber mit den Ohren kann man auch sehen" und als ich schweigend nachdachte, ergänzte er: „Ich erkläre es dir."

„Dieser Stamm, auf dem wir beide hier sitzen", begann er, „fühl' doch mal, das war mal eine sehr große Eiche. Viele, viele Jahre stand sie am Rand eines Waldes auf einer Anhöhe. Dieser Baum erlebte Sonne und Regen, Krieg und Frieden, Sommer und Winter, viele, viele Jahre lang. Und selbst als die Forstmänner ihn gefällt hatten, war seine Aufgabe noch nicht zu Ende.

Der Stamm wurde zersägt und zu Brettern verarbeitet, zu dicken Brettern, damit haben Männer ein Schiff gebaut, mit dem sie über die Meere segelten. Aus anderen Brettern wurden Möbel

----

oder Kirchenbänke gezimmert, die Reste wurden zu Brennholz zersägt. Auch das ist wichtig, denn es wärmt mit prasselndem Kaminfeuer die Stuben der Menschen. Übrig geblieben ist nur dieser knorrige Teil des Stammes, auf dem wir beide gerade sitzen." Diese Geschichte war sehr geheimnisvoll und als sie zu Ende war saß ich ganz nahe neben Opa Lindemann, da fühlte ich mich sicher.

„Hast du gesehen, was ich dir erzählt habe, mit den Augen, meine ich?", fragte Herr Lindemann als er fertig war.

„Mit den Augen nicht", sagte ich nachdenklich - und doch hatte ich alles vor mir gesehen: Den Baum, die Männer, die ihn fällten, das stolze Schiff, die Kirchenbänke und das Feuer im Kamin.

„Geh jetzt heim Kind", sagte Opa Lindemann und strich mir über's Haar, „die Mutti wird schon auf dich warten."

Von da an besuchte ich ihn so oft ich konnte und bald verband uns eine richtige Freundschaft. Meist werkelte er im Schuppen.

Wenn er irgendwohin gehen wollte, nahm ich ihn bei der Hand, um ihn zu führen, aber eigentlich gab er mir Sicherheit, zum Beispiel in dem dunklen Schuppen. Von ihm ging eine Ruhe aus, die sich übertrug, auf Ronko genau wie auf mich.

Wenn ein Fuhrwerk die Kartoffeln für den Laden brachte, öffnete Herr Lindemann dem Kutscher die Kellertür, ging dann zu den Pferden, streichelte sie und schon bald rieben die schweren Ackergäule ihren Kopf an seiner Schulter. Wenn er die Hühner mit halblauter Stimme zum Füttern rief, kamen sie rascher herbeigerannt, als bei allen anderen.

Anschaulicher als jeder Sehende erklärte er mir die Unterschiede von Pflanzen und Blüten. Von ihm lernte ich, worin sich Kohlrabi-Wirsing- und Weißkrautpflanzen unterscheiden.

Er lehrte mich, Vogelstimmen zu erkennen, einen Wetterwechsel zu riechen und den Sinn der Jahreszeiten zu verstehen.

Eines Tages, im Sommer, forderte mich die Ladenbesitzerin auf, bei der Ernte der Süßkirschen zu helfen und sie versprach mir für jeden geernteten Eimer Kirschen bekäme ich ein Pfund Früchte. In einer Zeit, in der alles Essbare knapp war, war das ein verlockendes Angebot, damit würde ich Mutti überraschen, darauf freute ich mich schon.

So stieg ich anderntags hinter Opa Lindemann auf die hohe Leiter. Er stand über mir, ich etwas unter ihm und wir pflückten Kirschen, in einen eigenen Eimer. Der von Opa Lindemann hing seitlich direkt über mir. Aber ehe mein Eimer voll war – das dauerte ja ewig! Plötzlich kam mir ein Gedanke und heimlich nahm ich immer mal eine Hand voll Kirschen aus dem fast gefüllten Eimer über mir und legte sie in meinen. Schließlich, so dachte ich, kann Opa Lindemann das nicht sehen und für ihn war es ja egal, wie viel Kirschen er pflückte. Plötzlich sagte er:

„Es gibt Eimer, die werden nie voll!"

Mein Herz klopfte bis zum Hals, ich fühlte mich ertappt und schämte mich. Ohne etwas zu erwidern beeilte ich mich, unauffällig Kirschen in seinen Eimer zurück zu legen. Und als wieder eine Zeit schweigender Arbeit vergangen war, meinte er:

„Es ist viel schöner, wenn man alles zusammen macht, pflücken und ausleeren!"

Erst als am Abend die Tochter nach meiner Pflückleistung fragte, verstand ich diesen Satz. Opa Lindemann nannte nämlich auf die Frage, wie viel ich gepflückt hätte, genau die Hälfte aller Eimer als meine Leistung – und das stimmte absolut nicht mit meiner Zählung überein!

Oh ja, es ist wirklich schöner, wenn man alles redlich teilt, die Arbeit und den Lohn. Jedenfalls kam ich nie wieder in Versuchung, die Blindheit des alten Mannes auszunutzen.

Nach zwei Jahren dieser Gemeinsamkeit starb Opa Lindemann, genauso unauffällig, wie er gelebt hatte.

Aber nie habe ich vergessen, dass er alles wie eine Kostbarkeit berührte und wie anschaulich er erzählen konnte. Er hat mich gelehrt, mit den Händen, den Ohren und dem Herzen zu sehen.

Rote Blüten gibt es nicht

Etwa fünfzehn Zuhörerinnen saßen um einen großen Tisch, um sich über ein wichtiges Thema auszutauschen. Mir gegenüber saß eine Frau, etwa Mitte fünfzig, die sich lebhaft an der Diskussion beteiligte.

Als wir zur Mittagspause aufbrachen, holte sie einen faltbaren weißen Stock aus ihrer Mappe, entfaltete ihn und machte sich zusammen mit allen anderen auf den Weg zum Speisesaal. Erst dadurch merkte ich, dass sie blind war.

Ich setzte mich zu ihr an den Tisch und wir kamen ins Gespräch. So lernte ich Christiane E. kennen und daraus entstand, über einige Zeit, eine freundschaftliche Beziehung.

Wenn ich ihr zuhörte oder zusah, hatte ich den Eindruck, Blindsein sei das Normalste auf der Welt.

„Würden sie bitte..." , sagte sie nur selten.

Wenn ich ihr Hilfe anbot, antwortete sie meist: „Danke, das kann ich gut alleine."

Ich bewunderte die Geschicklichkeit, mit der sie alles tat, ihre Wahrnehmungsfähigkeit und fast heitere Gelassenheit.

Sie erkannte andere Menschen schon nach kurzer Zeit an der Stimme und wusste sofort, ob jemand froh, in Eile, angespannt oder gar traurig, war.

Denen, die ihr behilflich waren, vertraute sie und konnte winzige Berührungen oder Bewegungen treffsicher deuten.

Sie beherrschte alle Sprach-Nuancen und ihre lebendigen Erzählungen konnten vergessen lassen, dass sie das, worüber sie sprach, nicht gesehen hatte. Manchmal kam es mir vor, als könne sie Gedanken lesen.

Wenn wir zusammen im Auto fuhren oder sie an meinem Arm spazieren ging, bat sie mich, alle Eindrücke mit ihr zu teilen.

„Sie können sich von allem ein Bild machen", sagte sie, „ich brauche dazu eine genaue Beschreibung oder Berührung."

Und da sie auch kleinste Einzelheiten interessierten, lernte ich, viel aufmerksamer hinzuschauen, hinzuhören und ihr das zu beschreiben, was sehfähige Menschen allenfalls unbewusst wahrnehmen oder registrieren.

Während ich mit meinen Erklärungen ihr Leben heller zu machen versuchte, lehrte sie mich alles genauer wahrzunehmen. Erst durch ihre Rückfragen merkte ich, dass ich Vieles einfach überhörte oder übersah: den Hall unserer Schritte auf einem Kiesweg, der sich verändert, sobald wir uns auf einen festen Gegenstand zubewegten, etwa eine Wand. Das Geräusch herannahender Fahrzeuge und das Einschätzen von deren Entfernung.

Den Duft einer Sommerwiese nahm ich erst wahr, als sie fragte, was da so duftet. Ihre Frage „was rauscht denn so?" brachte mir zum Bewusstsein, dass sich die Ähren eines Roggenfeldes, an dem wir entlang gingen, durch den leichten Sommerwind wie eine wogende Fläche hin- und herbewegten.

„Rote Blüten gibt es nicht", erwiderte sie einmal lächelnd, als ich ihr erklärte, die Blume, an der sie gerade roch, sei rot.

„Es gibt helles oder dunkles Rot, einfarbige oder gesprenkelte Blüten. Manche haben nur eine Blüte, andere viele kleine Einzelblüten." Wie sieht diese aus?

Wie recht sie hatte, die Wahrnehmung mit allen Sinnen ist bei uns Sehenden ziemlich verkümmert. Erst durch meine Erklärungen konnte sie am sanften Wiegen der dunkelgrünen Tannenwipfel mit vielen Zapfen teilhaben, sich ziehende Sommerwolken unter azurblauem Himmel vorstellen, die glitzernde Wasserfläche eines kleinen, schilfumrandeten Sees, die Silhouette eines Kirchturms vor dem Feuerball der untergehenden Sonne und das flimmernde Sternenmeer am schwarzblauen Nachthimmel nachempfinden.

Sie hörte die Stimmen spielender Kinder und ich beschrieb ihr die klebrigen Spuren einer ausgiebigen Brombeermahlzeit auf deren Gesichtern und den Glanz, den die tiefstehende Herbstsonne auf ihre dunklen und blonden Wuschelköpfe zauberte.

„Mir geht's richtig gut", sagte Christiane E. einmal, als wir nach einem flotten Spaziergang auf einer Bank ausruhten.

„Ich bin gesund und kann laufen, wohin ich will." Als ich dazu schwieg, erahnte sie meine Gedanken, nahm meine Hand, hielt sie ganz fest und meinte: „Ja, mir geht es gut. Schwer finde ich nur das Abschiednehmen von lieben Menschen, die mit ihren Er-zählungen und Beschreibungen mein Leben bereicherten."

Und dann fügte sie noch hinzu: „Aber Gott sei Dank finde ich immer wieder neue Freunde. Schlimm wäre, wenn ich daran nicht mehr glauben könnte."

Unsere Wege haben sich später getrennt, aber die ganze Trag-weite ihrer Worte verstand ich erst viel später, nach eigenen, schmerzhaften Abschieden.

Wenn ich an Christiane E. zurückdenke, frage ich mich: Ist es wirklich eine Bereicherung, dass wir so viel „fernsehen" können? Diese Möglichkeit birgt die Gefahr, dass wir Eindrücke, Bilder und Erlebnisse nur sehr oberflächlich wahrnehmen.

Sehende Menschen sind oft „blind" für die Stimmungen anderer, etwa bei seelischer Verzweiflung oder Angst.

Oder bei Einsamkeit, verursacht durch Bewegungseinschränkungen, die es vielen unmöglich machen, mal die eigene ihre Wohnung zu verlassen.

Sicher ist: Alle Menschen, die unter irgendwelchen Einschränkungen leiden, nicht nur Blinde, brauchen Begleiter oder Begleiterinnen, die ihnen mit Worten oder Briefen die Vielfalt der Eindrücke nahebringen und ihnen damit eine Brücke ins normale Leben bauen.

Sinneswandel

Müde und abgespannt kehrte ich um die Mittagszeit nach Hause zurück. Ich hatte zwei Stunden vergeblich auf einem Amt zugebracht, der Bus war überfüllt, ich musste stehen, meine Taschen waren schwer und meine Füße brannten. Ich war alles in allem das, was man „fertig" nennt.

Zu Hause angekommen konnte ich mich nicht mal zu einer erfrischenden Dusche aufraffen. Ich stürzte ein Glas Saft hinunter und beschloss, mich erst mal eine Stunde hinzulegen.

Als ich gerade am Einschlafen war, erwachte unten vor dem Haus plötzlich Leben. Kinderstimmen drangen herauf, Streiten und Lachen. „Kann man nicht mal in der Mittagszeit Ruhe haben?"

Verärgert stand ich auf und schaute aus meinem Fenster im 2. Stock.

Auf dem baumbestandenen Wiesenstück vor dem Haus spielten fünf Kinder, die aber nicht in unser Haus gehörten.

„Hallo", rief ich hinunter, „es ist Mittagszeit und die Leute möchten Ruhe haben!" Fünf Kindergesichter wandten sich mir zu und schauten ratlos nach oben.

„Wo sollen wir denn spielen", fragte ein kleines Mädchen schüchtern, „auf der Straße geht es doch auch nicht?"

„Wo wohnt ihr denn?" - „Drüben im Hochhaus, aber auf dem Parkplatz ist es so schrecklich heiß!"

Plötzlich schämte ich mich, was konnten diese Kinder dafür, dass ich müde war, also sagte ich: „Gut, könnt ihr wenigstens versuchen, ein bisschen leise zu sein?"

„Machen wir", rief ein Junge und alle nickten ernsthaft.

Ich überlegte, ob ich das lieber Fenster zumache, ließ es aber dann doch offen, es war so herrliches Wetter.

Ich legte mich wieder hin, schloss die Augen und während ich die Kinderstimmen hörte, sah ich in Gedanken wieder ihren ratlosen Gesichtsausruck und hörte, wie sie sich gegenseitig zur Ruhe ermahnten, dann aber laut ihre Auszählreime aufsagten.

Lächelnd fielen mir solche Verse aus meiner eigenen Kindheit ein … und dann war ich eingeschlafen.

Als ich irgendwann wieder erwachte, spielten die Kinder noch immer auf der Wiese im Schatten der Bäume, sie waren nicht leiser als zuvor.

Lärm ist halt doch eine Frage der eigenen Einstellung, dachte ich. Ihre Stimmen haben mich gar nicht mehr gestört, im Gegenteil. Eigentlich war es nett, ihnen ein bisschen zuzuhören.

Und dann ging ich an meinen Schrank, nahm eine große Hand voll Bonbons aus einer Schale und warf sie ihnen hinunter auf die Wiese.

Wieder schauten alle herauf, aber diesmal lachten sie.

„Danke", rief ich hinunter und winkte ihnen, „weil ihr so brav gewesen seid!"

Und sie winkten lachend zurück und sammelten ihren Lohn ein!

Stranderinnerungen

Blauer Sommerhimmel, nirgendwo eine Wolke. Ich liege am Strand und schaue den Möwen zu, die hoch oben im Spiel des Windes ihre Kreise ziehen. Die Brandung rauscht heran, überschlägt sich, flutet auf das Ufer und gleitet verebbend zurück. Der gleichmäßige Rhythmus der Wellen überträgt sich auf mein Atmen und Denken.

Heute ist mein letzter Ferientag, morgen, so denke ich, ist schon wieder Alltag. Ich freue mich auf Zuhause, auf meine Aufgaben und auf Menschen, die auf mich warten. Und doch ist da ein bisschen Wehmut, denn diese Ferientage waren besonders schön.

Schließlich mache ich mich auf den Rückweg.

Fast unbewusst ergreife ich eine Hand voll Sand, um ihn als Erinnerung an diesen Ferienort mitzunehmen. Und während ich am Strand entlangstapfe, streift mein Blick über die glitzernde Fläche des Meeres, auf der sich jetzt das Gold der Abendsonne spiegelt.

Plötzlich schaue ich verblüfft auf meine Hand - sie ist leer!

Ohne dass ich es bemerkt habe, ist der hauchfeine Sand durch meine Finger gerieselt.

Ich bücke mich, schöpfe neuen Sand, aber diesmal forme ich die Hand zu einer nach oben geöffneten Schale, trage ihn so bis zu meinem Auto und fülle ihn dort in eine kleine Tüte.

Heute steht er in einem kleinen Glas auf meinem Bücherregal. Wenn mein Blick darauf fällt, sehe ich in Gedanken die gleißende Abendsonne auf den Wellen und es ist mir, als hörte ich den Schrei der Möwen und das Rauschen der Brandung.

Und manchmal fällt mir dann auch das Sand-Erlebnis ein:

Nichts, was schön oder bereichernd ist, lässt sich mit zupackender Hand festhalten.

Nur wenn wir bereit sind, etwas loszulassen, kann Erlebtes und Erfahrenes in unsere Erinnerungen einmünden.

Nur wenn wir immer wieder in Abschiede einwilligen, bleiben wir offen: Für neue Freuden und Erlebnisse, neue Aufgaben und Erkenntnisse und für die Begegnung mit neuen Menschen.

„Typisch Frau"

Bekannte hatten sich am Rande des nahen Mittelgebirges ein neues Haus gebaut, jetzt war ich unterwegs, um sie dort zum ersten Mal zu besuchen. Die kurvenreiche Straße führte abseits der großen Route zwischen Wiesen und Feldern entlang, ab und zu durch eine kleine Ortschaft. Bei einer engen Ortsdurchfahrt, unmittelbar hinter einer unübersichtlichen Kurve, stockte mir der Atem und ich trat scharf auf die Bremse.

Mitten auf der Fahrbahn stand seelenruhig, nur mit einem Hemdchen und einen Schnuller „bekleidet" ein etwa zweijähriger kleiner Junge.

Ich ließ meinen Wagen unvorschriftsmäßig halb auf der Fahrbahn stehen, sprang heraus und schnappte den kleinen Ausreißer mit geübtem mütterlichem Griff. Wohin der Kleine wohl gehörte? Ein paar Schritte entfernt entdeckte ich ein halboffenes Gartentor, hinter dem ein krausköpfiges Mädchen mit dem Dreirad auf und ab fuhr. Dorthin gehörte er offenbar.

Als ich mich dem Tor näherte, schaute das Mädchen auf und rief empört: „Du bist eine böse Frau, lass mein Peterle in Ruhe!"

Aha, hier war ich also richtig. „Pass du mal lieber auf dein Brüderchen auf", entgegnete ich, während ich den Jungen vorsichtig hinter den Zaun stellte und das Gartentor verriegelte.

„Das Peterle darf doch nicht ganz allein auf der Straße herumlaufen?!" In diesem Moment erschien die Mutter der Kinder mit allen Anzeichen des Schreckens an der Tür und wir wechselten ein paar Worte.

Plötzlich kreischten Bremsen. Knapp hinter meinem Wagen hielt ein kanariengelbes Auto, ein jüngerer Mann sprang wütend heraus.

„Sie haben wohl ihren Führerschein in der Lotterie gewonnen?", brüllte er ohne Umschweife.

Ich gestehe, das ärgerte mich, aber ich zwang mich zur Ruhe.

„Nein, das habe ich nicht. Aber ein kleines Kind lief mitten auf der Fahrbahn herum!"

„Und da konnten Sie nicht vorschriftsmäßig einparken?", kam es belehrend zurück.

„Doch, aber im Augenblick dachte ich nur an die Gefahr für das Kind. Außerdem: Wer in einer engen Ortsdurchfahrt eine solche Bremsspur zieht wie Sie, was ist denn mit dem? Wie schnell ist der wohl gefahren?"

Eine Sekunde starrte er auf die schwarzen Streifen hinter seinem eigenen Auto. Dann machte er eine wegwerfende Handbewegung, schmiss sich hinter sein Steuer und rief aus dem offenen Fenster: „Typisch Frau!"

Ehrlich gesagt, ich beeilte mich nicht übermäßig, ihm den Weg freizugeben. Dann zischte der „Kavalier der Landstraße" mit aufjaulendem Motor davon.

Typisch Frau? - Oder typisch Mann? Eine offene Frage!

Was bin ich Ihnen schuldig?

Spätnachmittags fuhr ich nach Hause. Die Straße führte zwischen ausgedehnten Kornfeldern, unterbrochen von Maisfeldern entlang, ein friedliches Bild im goldenen Licht der langsam sinkenden Sonne.

Plötzlich stand am Straßenrand ein junger Mann der aufgeregt winkte.

Natürlich weiß ich, dass man in einer unbelebten Gegend nicht anhalten soll, schon gar nicht als Frau und bei Einbruch der Dämmerung. Aber ich hatte den Fuß auf der Bremse, ehe ich mir das in Erinnerung rufen konnte.

„Kann ich Ihnen helfen?", fragte ich nach dem Anhalten aus dem Fenster.

„Entschuldigung, mein Wagen tut es nicht mehr, der Vorderreifen ist platt. Wissen Sie, ob hier in der Nähe eine Werkstatt ist?"

„Hm, kein Ahnung, ich bin hier auch fremd. Aber warum versuchen Sie es nicht selbst? Ein Radwechsel ist doch nicht schwer, das passende Werkzeug ist in jedem Auto?"

„Reifenwechsel?", sagte er gedehnt, „ich habe keine Ahnung wie das geht. Der Wagen gehört meinem Vater!"

„Warten Sie mal, ich weiß, wie das geht!" Sein Wagen stand ein Stück weit abseits, auf einem Feldweg.

Ich parkte an einer geeigneten Stelle, beim Austeigen fiel mein Blick auf mein helles Sommerkleid?

Ach, was solls, dachte ich, schließlich ist es waschbar. Es wurde dämmrig, deshalb durften wir keine Zeit verlieren. Wir fanden das Bordwerkzeug und den Wagenheber und gingen gemeinsam ans Werk. Ich hatte einen Pannenkurs absolviert und dies war nicht der erste Reifenwechsel meines Lebens. Nach 30 Minuten war der Schaden behoben und das defekte Rad lag im Kofferraum seines Wagens.

„Was bin ich Ihnen schuldig.", fragte der junge Mann, während wir uns an einem alten Handtuch, das bei seinem Werkzeug gelegen hatte, notdürftig die Hände reinigten.

„Nichts", erwiderte ich. „Wie nichts, sie können das doch nicht einfach umsonst machen!" - „Warum nicht?", fragte ich zurück und wir brachen beide in Lachen über diese simple Frage aus.

„Ja, warum eigentlich nicht", erwiderte er nachdenklich, „aber irgendwie muss ich mich doch erkenntlich zeigen?"

„Sie müssen gar nichts, weil Heinzelmännchen keine Rechnungen stellen. Aber wenn Sie was tun wollen, dann helfen sie irgendjemand anderem, der gerade Hilfe braucht!"

„Muss aber nicht unbedingt eine Reifenwechsel sein, oder?", fragte er spitzbübisch zurück.

„Nicht unbedingt - obwohl man dabei Erfahrungen sammelt, die von Heinzelmännchen eher unabhängig machen!"

Wir zwinkerten uns zu und gaben uns die Hand, als würden wir uns schon lange kennen.

„Ich danke Ihnen ganz herzlich", sagte der junge Mann, „ohne sie hätte ich den Reifenwechsel nie gewagt! Alles Gute!"

Dann fuhren wir in entgegensetzte Richtungen davon.

Und ich bin mir nicht sicher, wer in solchen Situationen froher ist: Die Beschenkten oder die, die helfen konnten?

Jemandem helfen zu können, ist ein rundum gutes Gefühl!

Weihnachten wird es immer

Leichter Dezembernebel liegt über dem Waldfriedhof. Mit leerem Blick steht Irene Klein am Grab ihres Mannes.

Vor acht Wochen machten wir noch gemeinsam Pläne, denkt sie, für den Weihnachtsurlaub in den Bergen und für die Zeit nach der Pensionierung. Wenn er schwer krank gewesen wäre, könnte ich vielleicht denken ‚es ist besser so', aber ein unverschuldeter Unfall, nein!! Angeblich soll alles im Leben einen Sinn haben, blindwütiges Schicksal ist das und Zufall, sonst nichts …!

Fast mechanisch richtet sie die Tannenreiser auf dem Grab gerade, dann geht sie müden Schrittes auf dem Friedhofsweg zurück. Beten kann sie nicht, sie fühlt sich vollkommen leer.

Rechts und links des Weges flackern Grablichter, in zwei Tagen ist Heiligabend. „Nein", denkt Irene Klein, „das ist vorbei. Keine Kerze werde ich in diesem Jahr anzünden, keine einzige!!"

„Tag Frau Klein", grüßt eine Bekannte freundlich, „wie geht es Ihnen?" - „Danke, großartig" gibt sie bitter zurück. Den hilflosen Blick der so Angeherrschten lässt sie einfach hinter sich.

„Lasst mich doch in Ruhe mit euren blöden Fragen", denkt sie. „Ihr seht es doch. Ich weine nicht, ich klage nicht, ich habe alles im Griff – es ist sowieso alles sinnlos!!"

Einige Straßen weiter sieht sie vor sich einen kleinen Jungen, der eine viel zu große Plastiktüte schleppt. Im Vorbeigehen erkennt sie Steffan Schäfer, er wohnt in der Wohnung über ihrer.

„Steffi, du hast aber eine schwere Tüte?" Der Junge nickt und stolpert wortlos weiter.

„Wo ist denn die Mutti? „– „Krank", sagt der Junge.

„Richtig krank?" Die Augen des Kindes füllen sich mit Tränen.

„Ja, sie hat ganz doll geweint."

„Komm, lass mich mal deine Tüte tragen, du kannst dafür meine nehmen." Vor der Haustür angelangt tauschen sie die Tüten und Irene Klein ist noch beim Aufschließen der Tür behilflich.

„Ich kann sie schon tragen", sagt Steffi tapfer, „tschüss!" Er stapft die Treppe hoch, kurz darauf fällt oben die Tür ins Schloss.

Wie immer in den letzten Wochen spürt Irene Klein die Leere ihrer Wohnung. Nur das Radio ist da, sie schaltet es an und als weihnachtliche Musik den Raum füllt sofort wieder aus.

Wie so oft schaut sie auf das Bild ihres Mannes und plötzlich denkt sie: „Reni", würde Werner jetzt sagen, „sollten wir nicht mal nach den Schäfers schauen? Steffi ist der älteste der beiden Jungen und er ist noch im Kindergarten?"

„Aber ich bin selbst so kraftlos!!"

Nach einer halben Stunde zieht sie ihre Strickjacke an, verlässt die Wohnung und schellt bei der Mitbewohnerin. Frau Schäfer öffnet mit fieberglänzenden Augen.

„Wie geht es Ihnen?", fragt Frau Klein teilnahmsvoll - und im gleichen Augenblick fällt ihr ein, wie schroff sie vor zwei Stunden genau dieselbe Frage zurückgewiesen hatte.

Doch Christine Schäfer antwortet offen, wenn auch erschöpft und fast apathisch. Trotz Nierenbeckenentzündung versucht sie ihre Kinder zu versorgen. Ihr Mann ist als Fernfahrer unterwegs, er soll Heiligabend zurückkommen.

Als Irene Klein an diesem Abend in ihre eigene Wohnung zurückkehrt, weiß sie Steffi und Heiko samt ihrer Mutter mit allem gut versorgt in ihren Betten. In der Tasche ihrer Jacke steckt der Schlüssel zu Kleins Wohnung, damit will sie später und anderntags nach dem Rechten schauen, ohne klingeln zu müssen.

Müde setzt sie sich an den Tisch. Merkwürdig, jetzt kommt ihr die Wohnung gar nicht mehr so leer vor wie am Mittag.

Sie empfindet die wohlige Wärme der Heizung, die Ruhe nach drei Stunden Kindergeplapper. Sie spürt in Gedanken Steffis Köpfchen an ihrer Schulter und erinnert sich an seine Frage: „Erzählst du mir vom Christkind?"

Und sie hört Frau Schäfer vor dem Einschlafen sagen:

„Danke, Frau Klein, für alles, was hätte ich ohne sie gemacht?"

Fast automatisch entzündet sie eine Kerze neben dem Bild ihres Mannes. Lächelt er?

„Schon gut, Lieber, auch in diesem Jahr wird es Weihnachten, ich weiß."

Und während die lange niedergekämpften Tränen die Oberhand gewinnen, lächelt sie zum erstem Mal seit Wochen vor sich hin.

Wiedersehensfreude

Flug C 648 aus Los Angeles - verkündet die Leuchtschrift auf der elektronisch gesteuerten Anzeigetafel in der Ankunfthalle des Flughafens. Ein Airbus mit Hunderten Passagieren.

Viele Menschen warten schon. Nach einer Weile flammt die Leuchtschrift „gelandet" auf. Ein Aufatmen geht durch die Menge.

Eine ältere Frau, die neben mir steht, wischt sich verstohlen mit einem Taschentuch über die Augen. Unsere Blicke begegnen sich und mit einem entschuldigenden Lächeln sagt sie:

„Die Luft hat halt keine Balken!" Und ich erwidere: „Oh ja, ich verstehe Sie gut, ich warte auf meine Schwester, die ich jahrelang nicht mehr gesehen habe!"

Das Besondere in der Ankunfthalle eines Flughafens ist nicht der Reiz des Kosmopolitischen, sondern etwas ganz anderes.

Erst sind alle nur Wartende, aber die Unsicherheit, es könnte etwas passiert sein, hängt in der Luft. Immerhin schwebt ein solcher Flugriese viele Stunden durch Wind, Wetter, Nebel und Nacht. In 15 Flugstunden kann sich viel ereignen.

Wenn sich endlich die Türen öffnen und die ersten Ankömmlinge erscheinen, greift eine Welle der Freude um sich. Gestikulieren, Zurufe, Sprachengewirr, Lachen, Tränen der Erlösung. Mitgebrachte Blumen werden überreicht oder einfach vergessen, Dämme der Zurückhaltung brechen. Man liegt sich in den Armen und ist glücklich. Soviel Wiedersehensfreude und Glücklichsein miterleben zu dürfen, ist ergreifend. Die oft geschmähte Technik vollbringt das Wunder, Entfernungen zu überbrücken und Menschen zu denen zu bringen, die voll Sehnsucht auf sie warten.

Wiesenblumen

Autobahn. Zweibahnig, dreibahnig, ein endloses, fahlgraues Band. Am Rand leuchtendblaue Hinweisschilder auf Zielrichtungen oder Abzweigungen.

Der Motor läuft wie eine Uhr, die Reifen fressen Kilometer um Kilometer. Mein Blick fällt auf den Tacho, weshalb rase ich eigentlich so? Eigentlich habe ich es heute gar nicht eilig?

Außerdem ist es ganz schön heiß und plötzlich nehme ich auch die Müdigkeit wahr, die angespanntes Fahren mit sich bringt.

Beim nächsten Parkplatz biege ich ab. Abfallbehälter, ein paar Bänke, ein kleiner Wald. Wohin der schmale Weg wohl führt?

Ich stelle meinen Wagen ab, folge dem Weg und stehe unvermittelt vor einer blühenden Sommerwiese. Ich laufe hinein, werfe meine Tasche und Jacke ins Gras und lege mich einfach dazu.

Hinter mir verebbt das Dröhnen der Autobahn. Ich vergesse die Straße und nehme langsam das Zirpen der Grillen und Zwitschern der Vögel wahr. Weiße Wölkchen segeln über den Sommerhimmel. Wiesen sind ein Meer aus Blüten und Gräsern, bizarre Kunstwerke die nur die wahrnehmen, die sich ihnen ausliefern.

Kindheitserinnerungen. Lang wurde ich nicht fertig mit dem Blumenstrauß, nur noch diese, diese und diese. Wir hatten Sprüche: Blau wie die Treue, rot wie die Liebe, grün wie die Hoffnung, gelb wie die Sonne.

Wiesen bekommen, außer regelmäßigem Mähen, keine besondere Pflege. In ihnen wird herumgelaufen, herumgefahren, gespielt und getollt. Manchmal sind sie staubig und wirken ein bisschen welk. Doch Tau und Regen schenken ihnen die alte Frische

----

und Farbenpracht zurück. Sie erwecken sie wieder zum Leben und damit können sie wieder ihre Farben und ihren Duft verschenken.

Und wir Erwachsenen? Wir rasen oft auf der Straße entlang und reagieren nur auf grelle Schilder oder Signale.

Aber es gibt sie auch heute noch, die natürliche Blütenpracht der Wiesenblumen, voller Zartheit und Poesie. Nur lässt die sich nicht im Vorbeifahren erfassen. Wir müssen anhalten, aussteigen und die Farbenvielfalt wahrnehmen: Grün: Hoffnung, Glaube, Zuversicht; rot: Liebe, Freundschaft, Zuneigung; weiß: Aufrichtigkeit und Offenheit; blau: Treue, Verlässlich- und Standhaftigkeit; gelb: Sonne, die erhellt, strahlt und wärmt.

Menschliche Begegnungen sind wie Tau und Regen. Wenn wir müde und staubig unseres Weges ziehen, zaubern sie Glanz und Farbe in unser Leben zurück.

Ich dann pflücke ich einen Wiesenblumenstrauß, Sprache ohne Worte und ich weiß auch, warum ich jetzt bald weiterfahren muss: Ich möchte ihn einem Menschen schenken, der die Sprache der Wiesenblumen versteht!